# DIEGO G. KRALJEVIC

# VISIONES

# PRÓLOGO

A determinada altura de nuestras vidas, como seres urbanos que somos, advertimos que nuestro pasado cercano ya no volverá, que los seres amados que partieron tampoco volverán y que, en breve, nosotros tampoco volveremos. Descubrimos que dejaremos la efímera huella de un recuerdo que durará, apenas, un par de generaciones.

La gran mayoría de nosotros, llamados a las pequeñas grandes cosas, transitamos la vida como si todo se tratara de la persecución de un proyecto, que nos mantiene en movimiento como a aquel conejo que persigue una zanahoria.

Pero si medimos los huecos afectivos que se formaron en nuestro trayecto, y pensamos un poco en aquellos que nos rodean, nos encontraremos con que, en la fisonomía de nuestras ciudades o en la de nuestras naciones, la historia renacerá generación tras generación, y que esa carrera por la zanahoria pertenece a un tiempo que no tiene edad.

He aquí la importancia de comprender con claridad los ciclos históricos, porque pese a nuestros esfuerzos o a nuestra suerte, será la comprensión de ellos lo que determine las condiciones de vida que heredarán aquellos que dejaremos atrás después de nuestra inexorable partida.

Conocer, pensar y entender son, en definitiva, actos de

amor.

A Leila y Nacha, por su incomparable tolerancia y acompañamiento.

# I
# SERES URBANOS

La vio, él viajaba en un taxi y ella apareció fugazmente entrando en un edificio de la avenida Santa Fe. Fue apenas un relámpago, de refilón alcanzó a descubrir su figura, llevaba un vestido blanco que no conocía. Presintió su sonrisa y pudo sentir, nuevamente, el suave gusto de sus labios. Llevaba unas sandalias de cuero marrón, como esas que usaban los gladiadores romanos en la arena.

Era ella, pensó, y quedó perplejo. Un espasmo se apoderó de su cuerpo y volvió a sentir la profundidad de un vacío que le devoraba las entrañas.

Los días y las noches pasaban y ella aparecía en todo momento, como un dulce y macabro espectro que lo mantenía ocupado en un dolor que jamás había experimentado.

Hace tiempo que Daniel Romano ve figuras, visiones que no alcanza a confirmar.

Días atrás, sentado en la barra de un bar de la zona del bajo porteño, mientras pensaba en ella y en esa forma de abandonarlo, escuchó el eco de una risa, la resonancia de una voz que se mezcló con el tercer vaso de wiski. Le pareció familiar, pidió la cuenta y apuró el trago para salir al calor espeso y húmedo que flotaba por la avenida Leandro N. Alem. Se sintió a salvo, no tenía ánimo para relacionarse con alguien más.

Pasaban los meses y la mente de Daniel seguía en el mismo lugar. De pronto comenzó a comprender la letra de canciones que hasta ese momento de su vida parecían huecas o simplemente decorativas. Por esas cosas, que deben surgir del inconsciente, una noche se encontró tarareando un tango que siempre había disfrutado. Después de la nueva rutina, la de sumar unos tragos de wiski al final del día, para poder conciliar el sueño, la melodía se convirtió en letra y pensó en Goyeneche y en esa forma de interpretar que tenía el polaco.

Caminando, una vez más con los sentidos alterados por el alcohol, se internó en el silencio de la avenida Alem. Por lo bajo interpretaba a Goyeneche cantando la composición de Espósito: "Primero hay que saber sufrir, después amar, después partir y al fin andar sin pensamiento. Perfume de naranjo en flor, promesas vanas de un amor que se escaparon en el viento…".

Mientras cantaba recitando el sermón de wiski, su mente proyectaba aquel vestido blanco apenas levantado por el viento en la entrada del edificio de la avenida Santa Fe.

Cuando volvió a pensar en sus labios, fue sorprendido por murmullos y risas cómplices que se acercaban por la calle lateral. Tres tipos de overol levantaban una tapa metálica del piso y otro desde adentro los apuraba para entrar. El más grandote reía sin parar, el colorado de gruesos lentes cuchicheaba con ironía, mientras que el tercero saludaba al que los intimaba a bajar. Los ojos de Daniel se llenaron de bronca y se preparó para responder a la cargada, sin advertir que nunca llegaron a verlo y mucho menos a escucharlo. Los hombres desaparecieron de la superficie como por arte de magia.

—La puta que los parió, borrachos de mierda —dijo Daniel con una tonalidad camorrera, parado, solo, en la oscuridad porteña.

Enceguecido por la ira y con la vergüenza de ser descubierto en su aflicción, comenzó a saltar sobre la tapa de metal, que sonaba como el campanario de una iglesia en el silencio de la noche.

—Se escapan como ratas, cobardes. Los vi. Los vi reírse, ratas.

Seguía gritando al mismo tiempo que pateaba la tapa y caminaba circularmente en torno a ella, con la intención de permitir que la levantaran y salieran, ya que no tenía manija para abrirse desde afuera.

Cuando sus fuerzas comienzan a menguar descubre el movimiento de una cámara de seguridad montada en la pared del edificio Alas, se pone de frente, la señala con su dedo índice y repite el rosario de insultos con la respiración entrecortada por el cambio de aire y la dicción complicada por el alcohol. Un auto se enciende a unos metros y se acerca lentamente con los faroles apagados, se detiene frente a él y el acompañante, con cara de desconfianza, le pregunta si tiene algún problema. Daniel, como disco rayado, continúa diciendo:

—Los vi bien clarito. Esto no se va a quedar así. Que se enteren que conmigo no se jode. A mí no me van a tomar por estúpido.

El auto aceleró y se perdió por la avenida.

# MOVIMIENTOS EXTRAÑOS

Al día siguiente Daniel Romano retoma su rutina laboral y pasado el mediodía se dirige a la redacción del portal de noticias de la calle Venezuela, en el barrio porteño de San Telmo. El gordo Benítez salta de su cubículo de trabajo al verlo entrar.

—Daniel, hay reestructuración y el chetito me asignó la sección del horóscopo, ¿lo podés creer?

—¿No se te ocurrió decirle que sos periodista y no astrólogo?

—Ni loco, ¿querés que me raje?

Mientras Romano chequeaba el enlatado de noticias internacionales, aparece en el sector de cronistas, para exaltación de Julián Benítez, la despampanante figura de Laurita Fernández, secretaria de Andrés Figueroa, jefe de redacción del portal.

—¡Romano! Andy te necesita en su despacho ahora mismo.

—Romano a la carga. ¡Muchas gracias!

Daniel pasa por la cafetera de filtro y llena hasta el tope su gran taza.

El despacho de Figueroa es moderno y luminoso, las

paredes están limpias de bibliotecas y retratos, solo cuelga el logo del portal con la consigna "Periodismo Independiente".

Andy, como le gusta ser llamado, es un cuarentón que trabaja su apariencia, es atlético, viste de manera juvenil y su cabello modela unas rastas prolijamente mantenidas.

—¡Huele a Christian Dior, Andresito!

—Te mandé a llamar porque estamos haciendo una reestructuración, que requiere del esfuerzo de todos.

—OK, una forma moderna de hablar sobre el despido de trabajadores.

—A partir de ahora, además de seguir trabajando con noticias internacionales vas a encargarte de las efemérides y de la sección de Sociedad de los domingos.

—¿El clima de época no da para pedirte un aumento, no?

—Y te tengo que pedir que abandones el sarcasmo en las noticias internacionales, Daniel. Eso de "los chicos de la OTAN" para nombrar a los soldados ucranianos o "liberadores de Gaza" para referirte a Israel, no va, molesta. Es la tercera vez que te lo advierto. ¡Dejá de joder!

—¿Te parece que para el domingo prepare algo relativo al juicio político contra la corte Suprema, o puede interferir con los intereses de los dueños del grupo por el fallo que está pendiente?

—Bueno, ya sabés sobre lo que no hay que escribir, eso es lo bueno con vos. Apuntá a temas de interés social como misterios históricos, lugares de Buenos Aires, historias de fantasmas, por ejemplo.

—Esos son los pedidos que desatan mi sarcasmo, como decís vos.

—Me comentó el gordo Benítez que no estás pasando por un buen momento anímico. Tratá de enfocarte en el trabajo sin mezclar las cosas con tu vida privada.

—Muy bien, haré lo posible.

Romano sale de la oficina de su jefe olvidando, adrede, su enorme taza de café estampada con la frase "El periodismo independiente no existe".

—Y, ¿qué te dijo? —preguntó el gordo Benítez por lo bajo.

—Me enchufó las efemérides y una columna para los domingos.

—Bien, podría ser peor.

—Te aviso que soy Tauro. Se me ocurre que en el horóscopo de mañana podrías poner algo así como "no confíe en amigos cercanos o en gordos chismosos, podrían dejarlo mal parado con sus superiores".

—¡Aflojá! Quería descomprimir tu relación con el chetito, que viene bastante deteriorada.

—¡Andá a lavarte las tetas!

—¡De nada!

La jornada continuó con un largo silencio entre los dos amigos. Julián Benítez terminó de confeccionar el horóscopo:

"TAURO: No se deje llevar por los cuernos, reflexione; el mundo no está en su contra". Más tarde cambió la palabra "cuernos" por "malentendidos".

Por su parte, Daniel Romano adelantó la efeméride del día siguiente:

"14 de febrero, día de los enamorados.

La celebración del día de San Valentín tiene su origen en una festividad litúrgica católica, surgió cuando la iglesia designó el 14 de febrero para conmemorar a San Valentín, un sacerdote torturado y asesinado por incumplir el decreto del emperador romano Marco Aurelio Claudio. El Gótico, como se denominaba al césar de aquel entonces, había prohibido el casamiento de los soldados con la idea de que tal iniciativa podía aumentar la eficiencia y el desempeño de su ejército.

En nuestros días, cuando el capitalismo palpita hasta en los más mínimos detalles de nuestras decisiones: ¿cuál será el sentido de selección de una pareja?, ¿qué llegamos a idealizar verdaderamente de la otra persona? ¿Estaremos programados para ser eficientes al elegir nuestras parejas? ¿La eficiencia estará dada por la tranquilidad de saber elegir, con el mismo criterio que se utiliza en una góndola de supermercado?

¿Seremos los solteros de hoy discípulos de Valentín o del emperador?".

A última hora de la jornada, durante el cierre de las secciones del día siguiente, el jefe de redacción ordenó a su asistente finalizar el texto de efemérides en la palabra "ejército", objetando que era muy extenso.

# EL HOMBRE CON CARA DE TETERA

Al promediar la tarde Benítez observa que un hombre de aspecto extraño sale de la oficina de Andrés Figueroa.

—Mirá el tipo que va saliendo, Daniel. ¿No tiene cara de tetera? —dice Benítez, rompiendo el silencio entre ambos.

Al girar, apurado por la intriga, porque el gordo era muy bueno con los apodos, Romano queda petrificado. Tenía una nariz prominente, en forma de gancho, y dos pequeñas orejas que simulaban las manijas de una tetera, pero fue el bigote que se dibujaba sobre los labios el que le activó la memoria semiborrada por la borrachera de la noche anterior. Era el tipo del auto.

El recuerdo volvió como una película. Su reacción desproporcionada lo avergonzaba, pero la curiosidad empezó a generar la misma adrenalina que le producía escribir un buen final para un artículo, de esos que se entrelazan con toda la nota y, al mismo tiempo, producen un cierre inesperado.

—¡Tiene cabeza de tetera el hijo de puta! —decía Benítez en voz baja y muerto de risa.

—¿Lo conocés? —pregunta Daniel.

—No, pero me hace acordar a una novia de Garisto en la época del secundario. ¿No será tu suegro Garisto?

Hernán Garisto se incorpora sobre su puesto de trabajo mientras se acomoda los lentes y prepara una respuesta:

—Yo en el secundario salía con tu hermana, pe-pe-pelotudo —dice en tono compinche, con la leve tartamudez que lo caracteriza.

—¿De dónde salió ese chabón? —dice Daniel, poseído por la duda.

—Parece que es servicio de inteligencia, se entrevistó con Andy. La escuché a Laurita cuando le avisaba al jefe —balbucea Inés.

—¿Ya te reestructuraron, Inesita? —interroga Benítez.

—Sí, el machirulo me encajó la sección de cocina y recetas.

—Ah bueno. ¿Escribís sobre políticas de género y te sumó las recetas de cocina? A veces tengo la duda de si es pelotudo o hijo de puta —sentenció Daniel con cara de incertidumbre.

—No es ma-ma mala idea mantener la sección de cocina. ¿Quién sale a cenar con lo que cuesta hoy día? —agregó Garisto; que, como decía Benítez, siempre la jugaba de oficialista, tanto con los gobiernos como con los jefes.

# AFTERWORK

Los jueves por la noche los compañeros de la redacción tienen la costumbre de encontrarse en el bar de la esquina.

El bar mantenía la estructura propia de los años setenta, una gran barra de fórmica blanca se extendía por todo el local junto a una línea de butacas fijas. El fondo de barra luce un impecable plástico naranja en el que se asocia, como un mueble más, el gallego Jesús, siempre con su guardapolvo azul y una mueca de severidad imperturbable.

A partir de las 20:30 los taburetes comienzan a poblarse, poco a poco, con los cronistas del portal.

El jueves se impuso naturalmente como día de reunión. La esposa de Benítez tiene clases de yoga y su suegra cuida a las nenas hasta que el matrimonio llega a la casa. Inés está libre del cuidado de su hijo porque es el día en que su exmarido lo pasa a buscar por el colegio para cenar con los abuelos paternos. Daniel inauguró el hábito cuando esperaba a su novia, la asistente del jefe de redacción, que tenía a su cargo el último cierre de contenido. Garrido se suma siempre al final, cuando certifica que el jefe tiene todo bajo control. Laurita espera al novio, que siempre la pasa a buscar en moto. A última hora, Andrés Figueroa suele saludar desde el otro lado del vidrio cargando su bolso de gimnasio. Graciela empezó a faltar a la cita un tiempo antes de cortar con Daniel.

—Laurita, ahí llegó tu chico. ¿A ver cuando le conocemos la cara? Siempre con el casco puesto y montado en su corcel, parece el Zorro —exclama Benítez.

—El Capitán Monasterio sería el "forro" de Figueroa — completa Inés, malhumorada por la nueva carga laboral.

—Y el gallego es Be-Be-Bernardo, el ayudante mudo — remata Garrido.

—¡Bueno, che! ¿Qué sabemos del señor tetera? —pregunta Daniel para cortar con la lista de personajes al ver la cara de Jesús después de la intervención de Garrido.

—Es se-se-ser-servicio de inteligencia del Estado. Habló con Andy sobre las bases militares ya-ya-yankis en Argentina. Lo-lo-lo escuché cuando el jefe hablaba con tu ex. Le preguntaba de dónde lo conocía a e-ese tipo. Di-di dijo que preguntó por vos y que disfruta de tu-tu tus ironías en la columna de noticias internacionales.

—Este se trajo al señor tetera del Florida Garden para hacerse publicidad con Figueroa, ¡qué jugador! Jajaja — dice Benítez.

—No gordo, no seas boludo. No lo conozco, además en el café de Florida solo hay servicios retirados —responde Daniel.

—¡Estamos invitados a tomar el té, la tetera es de porcelana, pero no se ve! Yo no sé por qué —interviene Inés.

—Otra más, la reestructuración los dejó re boludos. Aparte, esa información en manos de Figueroa cae en saco roto, nunca se la juega por nada, para él las noticias son mercaderías que sirven para hacer guita —dijo

Daniel.

—Pe-pero el jefe cree que vos le plantaste al servicio, ¿no ves? Piensa que le querés hacer pisar el palito —dijo Garrido.

—Qué miedo te tiene el chetito. Está enfermito con vos, boludo —dijo Benítez.

—Chicos, el tema está agotado, Andy no le dio ni cinco de pelota y el señor tetera no aparece más por la oficina, eso es seguro —dijo Inés.

La charla entre los amigos continuó hasta que Jesús comenzó a mover el escobillón por debajo de los taburetes, esquivando los pies de los tertulianos.

# FLORIDA GARDEN

Daniel camina por la calle Venezuela y dobla en Perú, que a partir de avenida Rivadavia cambia de nombre para llamarse calle Florida, una de las peatonales del centro porteño. Es un trayecto largo para hacerlo a pie, pero adquirió el hábito de caminar y despejar la mente.

Paso tras paso comienza a reconstruir la historia de Garrido, la paranoia de su jefe, la cara de tetera, ese bigote que golpeó sus sentidos adormecidos por el alcohol sobre una trifulca sin motivos que hubiese preferido dejar en el olvido si no fuera por la aparición de este personaje en la redacción.

Las cuadras pasaban y se dibujaba en su memoria el recuerdo de aquellos hombres de overol, la tentación de risa del que estaba de espalda, el más grandote de los tres. Los gestos extravagantes del hombre con anteojos que estaba de perfil frente a la entrada subterránea. Nuevamente se avergonzó de su impulso, recordó el movimiento de la cámara de seguridad y la sorpresiva aparición del auto.

Al cruzar la avenida Corrientes cumple con el protocolo de saludar al anciano del puesto de garrapiñadas, al que Graciela hacía reír con sus ocurrencias cada vez que paraba la caminata para comprar.

Otra vez ella, pensó y se acercó lentamente a una mujer que había improvisado un dormitorio en la puerta de un local cerrado. Dos niños dormían como desmayados en el mismo colchón. Daniel desprendió el reloj de su muñeca izquierda y se lo entregó sin preámbulos, en silencio. Pensó que podía obtener unos pesos por él. Era un regalo de Graciela con motivo de algún aniversario, en una de esas fechas que nunca tuvo el don de recordar. Le brotó una leve sonrisa al pensar que jamás había fijado en su memoria la fecha en que comenzaron a salir. Tal vez ese día fantasma ella lea la sección de las efemérides para tomar un poco de su propia medicina. ¿Cuál era? Pensó en buscar la fecha entre sus mensajes de WhatsApp.

Al llegar a la calle Paraguay, en la ochava, aparece Florida Garden, una confitería típica de Buenos Aires, que abrió sus puertas en los años sesenta y al poco tiempo se convirtió en el lugar de encuentro para artistas, intelectuales, políticos y servicios de inteligencia. Argentina debe ser el único país en el mundo donde los espías tienen mesa designada.

Miguel lo ve entrar y pregunta con sorna:

—¿Qué combo va a solicitar el caballero esta noche?

—El sándwich de jamón cocido y queso completo y un farolito de wiski nativo con yapa para amigos caídos en desgracia —dijo Daniel.

—¡No llore amigo, que esto es un valle de lágrimas! —dijo Miguel.

—¡Ya sé Miguelito, y vengo nadando en lágrimas desde Venezuela y Perú! —dijo Daniel.

Miguel le acerca los diarios Clarín y La Nación, mientras le guiña un ojo. Su cliente le había confesado que tenía la manía de ocupar los diarios para impedir que otros, al menos por un rato, los leyeran, para no recibir la dosis de veneno que contienen.

Cuando el mozo sirve la mesa, Daniel escabulle los periódicos en una silla, mientras ambos fingen demencia.

Romano termina de cenar y se dispone a solicitar el segundo wiski con yapa. Para su sorpresa, ve descender por la gran escalera, compuesta por un caño central sobre el cual se apoyan los escalones cubiertos por láminas de cobre, al señor cara de tetera.

—Miguelito, ¡me traés un farolito más! —dice Daniel.

El sujeto de formidable nariz y pequeñas orejas se sienta, en soledad, en una de las mesas ubicadas en el centro del salón.

—Servido, y con yapa para solteros afortunados —responde Miguel.

—Che, ¿conocés al tipo de ahí, ese que está de espaldas, de traje negro? —inquiere Daniel.

—Es cliente, dicen que es servicio y deja buena propina, no como otros que piden yapa y toman wiski nacional.

—¡Nacional y popular, amiguito!

Apurando el trago de su segundo farol, por la ansiedad de confrontar con el enigmático personaje, se nutre de valor y determinación para descubrir lo impredecible: el verdadero motivo de esa persecución luego de aquella noche difusa, que fue recuperando entre la neblina de su recuerdo.

Esquiva con alguna dificultad las mesas que se amontonan en el centro del salón para llegar a su objetivo.

—Buenas noches, soy Daniel Romano —dice con la voz impostada y estirando su mano con la intención de saludar a su interlocutor.

—José Pérez, un gusto. Tome asiento, por favor —expresó con parsimonia el hombre con cara de tetera, y agregó como para romper el hielo—: Suelo leer sus informes sobre política internacional, disfruto la manera que tiene para abordar cada noticia, dejando entrever su posición, mayormente contraria a la línea editorial del portal. Es muy divertido.

—Muchas gracias, muy amable. Hace tiempo que no recibo elogios por mi trabajo. ¡Ya me estaba desacostumbrando!

Mientras Romano terminaba la última frase dos hombres vestidos con trajes negros e impecables camisas blancas ocupan los lugares vacíos de la mesa. Lentamente y en silencio invaden la charla y espesan el ambiente.

—Espero que mis amigos no lo incomoden —dice Pérez.

—Al contrario, usted y sus amigos forman un clima muy acogedor. Dígame, ¿José Pérez, no le parece un nombre demasiado común para un servicio de inteligencia?

El hombre con cara de tetera sonríe con gesto de jugador de póker y le da un sorbo a su té.

—Me pregunto si leía mi sección de internacionales desde antes de vernos en el edificio Alas —continúa Daniel.

Por un momento, de esos que duran milésimas de segundos, Pérez sintió que se le corría la careta, mientras los dos roperos cambiaban sigilosamente el sonido de su respiración.

—Mozo, agregue la mesa del señor a mi cuenta —dice, señalando a Daniel.

—No hace falta, Pérez.

—Permítame, por favor, tómelo como un acto de cortesía porque nos tenemos que retirar, mañana empezamos muy temprano, no todos tenemos su suerte.

José Pérez, pese al corte abrupto de la conversación, no perdió sus caballerescos modales, ni su tono de cordialidad, pero el leve temblor de sus manos mientras acomodaba la tarjeta de presentación que Romano le había otorgado, con el fin de continuar la charla, puso en evidencia un nerviosismo incomprensible para Daniel. En la amplia billetera se alcanzaba a ver un pequeño fajo de billetes antiguos con el dibujo impreso de una fragata.

# LA ESPINA

Daniel encarga un farol más con la intención de clarificar la charla y, sobre todo, la retirada de los servicios de inteligencia. Mientras conversaba con el trío sentía la vibración de su teléfono, algo típico del grupo de WhatsApp de la oficina.

"Andrés Figueroa: Mañana a las 21 30 hs festejo mi cumpleaños, están todos invitados: Av. Santa Fe 1535".

Abajo seguían los mensajes de sus compañeros de oficina, salutaciones y confirmaciones de asistencia.

Romano sintió que se le erizaba la piel, estaba perplejo. Su mente proyectó el vestido blanco de Graciela, la avenida Santa Fe, sus sandalias, esa sonrisa que presintió y aquel beso que volvía del olvido como vuelve siempre cada vez que piensa en sus labios.

—Miguelito, el señor de bigotes dejó todo pago. ¡Me voy!

—¿Y el último wiski también? —inquirió Miguel sosteniendo la bandeja y sabiendo que el tercer farolito estaba en infracción con el deseo de Pérez.

—Correcto, en la cuenta del otario que tenés, se la cargás.

Saltó sobre la calle Paraguay buscando un taxi y aquella frase, la del otario, fue otro disparo del subconsciente. Letra de Celedonio Flores, música de Gardel y Razzano:

"...Hoy tenés el mate lleno de infelices ilusiones

Te engrupieron los otarios, las amigas, el gavión

La milonga entre magnates, con sus locas tentaciones

Donde triunfan y claudican milongueras pretensiones

Se te ha entra'o muy adentro, en el pobre corazón

Nada debo agradecerte, mano a mano hemos quedado

No me importa lo que has hecho, lo que hacés ni lo que harás

Los favores recibidos, creo habértelos pagado

Y, si alguna deuda chica, sin querer se me ha olvidado

En la cuenta del otario que tenés, se la cargás...".

# DESENCUENTROS

A lo lejos, cruzando la calle Florida, se acerca un taxi con el cartelito de "Libre" encendido. Daniel no deja de tararear mientras extiende su brazo, en forma de llamada.

—Pa ra pa pa ra pa/ pa ra pa pa ra pa/ pam parabam / pam pam.

Cuando sube al taxi es sorprendido por ese aroma propio de la limpieza automotriz. El taxista también se sorprende mientras la cabina es invadida por un espeso aliento de alcohol.

—Vamos a pasar por avenida Santa Fe al 1500 y luego volvemos hasta avenida Córdoba y Leandro Alem.

El taxi comenzó el recorrido, el sereno rodar del vehículo sumado al hermetismo del aire acondicionado formaba un clima cinematográfico que ubicó a Daniel en calidad de espectador. Buenos Aires se proyecta por la ventanilla como un breve documental que acumula semáforos, arboledas y bultos inmóviles que se ubican en las zonas más oscuras para pasar desapercibidos y, tal vez, poder dormir un rato.

Romano pide que aminore la marcha y certifica su peor presentimiento. La entrada del edificio coincide con la dirección del festejo de cumpleaños del día siguiente. Otra vez vuelve a su mente aquel vestido blanco.

—Volvemos, me bajo en Córdoba y Alem.

Las calles del centro están desiertas, mientras que el brillo de los semáforos acompaña la triste melodía que aturde al cerebro de Romano, que interpreta por lo bajo, como en secreto para él mismo:

"Rechiflado en mi tristeza, te evoco y veo que has sido

en mi pobre vida paria sólo una buena mujer.

Tu presencia de bacana puso calor en mi nido,

fuiste buena, consecuente, y yo sé que me has querido

como no quisiste a nadie, como no podrás querer".

El calor concentrado en el departamento lo moviliza para abrir la ventana del balcón que da sobre avenida Córdoba. Enciende una luz y deja que el reflejo, que trepa hasta el noveno piso, ilumine el resto. Se sirve un wiski, en el vaso sin lavar de la noche anterior, y enciende el televisor con la intención de renovar su repertorio tanguero. Busca un tango en la plataforma de internet. Pensando en "Mano a mano" escribe "Gardel" en el explorador para que Carlitos aparezca en colores y cope toda la pantalla. El zorzal, que cada día canta mejor, renueva su talento en aquella guarida y con un registro de barítono brillante interpreta "Soledad" de Alfredo Le Pera.

En la penumbra del departamento el tiempo agoniza, son las horas más largas y tristes hasta que llega el sueño acompañado, últimamente, con el mareo que provoca la ingesta de alcohol, pero esta noche era fatalmente distinta. La espesura de su soledad estaba ahora cortada por el desengaño, y cada trago profundiza un desagradable sabor a traición en su paladar.

Escucha sus pasos en el palier después del ruido del viejo ascensor del edificio. El sonido de la cerradura le devuelve la esperanza. Era ella y ese gesto de felicidad con que entraba siempre en su vieja madriguera. Entre sombras acomoda el desorden de cubeteras de hielo abandonadas con botellas vacías y ceniceros colmados.

Daniel se levanta del sillón y observa la dulzura con que lo mira ese fantasma creado por su ilusión y el vestido blanco que de repente se convierte en la flameante cortina que baila tango frente al balcón. Se borra aquella sonrisa espectral que se dibujaba bajo los ojos café y una vez más es invadido por la angustia, un tornado de imágenes azota su mente.

Carga el vaso hasta el tope y enfila para el balcón. Emprende un trago largo, bien cargado, que le relaja el estómago. Infla sus pulmones con una inspiración nasal violenta y aúlla:

—¡Hijaaaa de puuuuta!

Una catarata de lágrimas brota de sus ojos. Apoyado sobre la baranda se extiende en una letanía de insultos inaudibles. El dolor se apodera de él y se entrega, por primera vez, sin caer en razonamientos. Cede al llanto sin temor al sufrimiento y empieza a descubrir un alivio corporal, como si el desahogo sanara la compresión que llevaba desde hace tiempo en el pecho.

Desde la penumbra brotaba Carlitos con su voz angelical:

"Tomo y obligo, mándese un trago

De las mujeres mejor no hay que hablar

Todas, amigo, dan muy mal pago

Y hoy mi experiencia lo puede afirmar

Siga un consejo, no se enamore

Y si una vuelta le toca hocicar

¡Fuerza canejo, sufra y no llore!

Que un hombre macho no debe llorar".

Tratando de seguir el consejo del "morocho del Abasto" se enfocó en el encuentro con el servicio de inteligencia en un intento por distraer su mente y hacer que las agujas del reloj recuperaran la velocidad habitual. Pero era en vano, su lucidez se veía afectada por los sentimientos y el espíritu de su estado de ánimo se mezcló con la ebriedad.

Pensó que, tal vez, lo estaban escuchando a través de micrófonos instalados sigilosamente en su morada. Eso lo incomodó, el estado de su intimidad era lamentable.

Entre tragos empezó repentinamente a dar una filípica en voz baja, que ni él mismo sabía dónde podría terminar. El alcohol en sangre se apoderó de su mente y el discurso oscilaba entre la angustia y el enfado, con un tipo de razonamiento espontáneo y emotivo que mezclaba los desencuentros del día.

Mientras caminaba por el balcón empuñaba un farol de wiski. Su voz arrastraba las dificultades propias del habla después de beber la última gota de una botella y continuar con otra. Pese a ello, desde las profundidades de su garganta surgía una entonación que daba la apariencia de una elaboración premeditada.

"A partir de mañana las cosas van a empezar a cambiar. Adiós al Danielito bueno y paciente. Bien empilchado, como un gentleman, me pongo el nueve en la espalda y pateo al arco cada pelota que se me acerque.

Nada de estar llorando por los rincones o viendo fantasmas. Sin piedad.

Obviamente que no pienso asistir al cumpleaños del pelotudo de Figueroa, de más está decirlo. Tampoco pienso referirme, de ninguna forma, a la relación de esos dos. Y menos cuando salte la liebre en la redacción.

Por otra parte, pretendo avanzar en la investigación sobre el edificio Alas y con esos tres personajes que tengo absolutamente identificados.

A la traidora ni justicia, para mí no existe más. Porque lo del pelotudo con cabeza de escobillón no es traición, sin embargo, lo de ella es alta traición y eso no se perdona. No señor. Se debe estar encamando con este gnomo desde que comenzó a alejarme. Stop, no voy a pensar en eso, no me lo merezco.

En el fondo la felicito, me alegro por ella. La muy arpía ahora tiene todo lo que deseaba. Billetera mata galán, Danielito. Vos tranquilo, ya pasará. Desde ahora: ¡a Dios rogando y con el mazo dando!

A ver, Danielito: apuntale los cañones a José Pérez, que te sirve de terapia después de la traición de la arpía. Veamos, le voy a hablar directamente a usted, Pérez. A usted que le gusta hurgar en la intimidad de las personas, escuchar conversaciones o, como en este caso, monólogos tan personales. Quiero aprovechar la violación de mi intimidad para dejar en claro mi motivación. No pienso en el dinero, quiero la historia, y no me venga con los espejitos de colores que le quiso vender a Figueroa, no me subestime. Voy a tener esta historia por las buenas o por las malas, con usted o a pesar de usted.

Aclaración: todo lo observado en las inmediaciones del edificio Alas se encuentra documentado y testimoniado ante escribano público, por si un súbito resfrío decidiera acabar con mi existencia.

Otra cosa, mañana a la hora de siempre quiero wiski importado y sándwich de jamón crudo y queso en mi mesa. Así que vaya cambiando en alguna casa de antigüedades esas "fragatas" que tiene en la billetera, ya que hoy día no son de curso legal".

Daniel dice entre sueños la última oración de su delirio para abandonarse en los brazos de Morfeo sobre el incomodo sillón de su balcón. Abajo, la ciudad comienza a despertarse con los primeros resplandores del día. Sobre la avenida Córdoba se abre la puerta lateral de una camioneta y un hombre con aspecto de ropero sale corriendo al kiosco por una gaseosa con azúcar, José Pérez experimenta un pico de presión.

# PRINCIPIO DE REVELACIÓN

Daniel Romano despierta en el balcón con la sensación de haber dormido una siesta dentro de un lavarropas. La incomodidad del pequeño sillón y el malestar general que se extiende de pies a cabeza le permiten dormir apenas unas horas, las de un desmayo profundo y oscuro. Tambaleante, se incorpora y ya bajo la ducha de agua caliente comienza a recobrar los sentidos.

Romano rompe en llanto y vuelve a descubrir la descompresión en su pecho. Se siente como exorcizado de ese espectro infernal que lo visitaba por las noches. Su llanto es íntimo, sus lágrimas se funden con la presión del agua de la ducha. Ya no llora el abandono, algo nuevo lo invade, lo estremece el sentimiento iracundo que pobló su alma la noche anterior y ese sentido de propiedad que había experimentado sobre su amada, la imposibilidad de respetar su elección, la irrefrenable incapacidad de aceptar la búsqueda de su felicidad. No puede concebir el nivel de violencia que había vibrado en su interior, la furia desatada en sus alaridos.

Camino a la redacción, sentía que flotaba sobre la calle Florida, sin el peso de la duda. Bien afeitado, vestido elegantemente con un saco de verano que lo hacía sentirse especial, diferente y —al menos en apariencia

31

— mejor. Con la lentitud de una caminata lunar, sus sentimientos empiezan a ordenarse, una resignación razonada luego de la caótica crisis de la desilusión le abre un camino de salida. Se siente libre. Piensa una vez más en un fragmento del tango "Uno", de Enrique Santos Discépolo. Tendrá que prepararse para volver a "querer sin presentir". Intuye que le será imposible.

"Si yo tuviera el corazón...

(¡El corazón que di!...)

Si yo pudiera como ayer

querer sin presentir...

Es posible que a tus ojos

que me gritan tu cariño

los cerrara con mis besos...

Sin pensar que eran como esos

otros ojos, los perversos,

los que hundieron mi vivir.

Si yo tuviera el corazón...

(¡El mismo que perdí!...)

Si olvidara a la que ayer

lo destrozó y... pudiera amarte...

me abrazaría a tu ilusión

para llorar tu amor...".

# EFEMÉRIDE MANIPULADA

"Un día como hoy —pero de 1950— nace en las profundidades de Buenos Aires el búnker del General Juan Domingo Perón. Ubicado subterráneamente bajo el edificio "ALAS", por entonces llamado ATLAS (Agrupación de Trabajadores Latinoamericanos Sindicalizados), y encarado por la asociación de dicho nombre cuyo presidente era Carlos Aloé.

La construcción fue ideada por la aeronáutica con la finalidad de proteger al presidente de un ataque nuclear.

Clausurada la Segunda Guerra Mundial con la catástrofe atómica de Hiroshima y Nagasaki, el refugio buscaba proteger al primer mandatario en el marco de la "Guerra Fría", que por entonces envolvía al planeta. Doce años después de la inauguración el mundo se paralizaba con la "crisis de los misiles" en Cuba, conflicto militar y político que puso en vilo a la humanidad a lo largo de trece días, cuando los despliegues estadounidenses en Italia y Turquía fueron igualados por los despliegues soviéticos de misiles nucleares en Cuba".

Desde su cubículo de trabajo Romano planea mantenerse en tensión con el servicio de inteligencia, por eso la aparición del edificio en su columna diaria, cuya historia es real, pero de fecha incomprobable.

Por momentos se preguntaba si valía la pena continuar con esa corazonada vacía, que solo contaba con la incomprensible y aparente persecución de un agente del Estado después de una confusión con tres personajes desconocidos. En verdad, nuestro periodista se hallaba anímicamente como esos boxeadores a los que, por el curso que toma la contienda, solo les resta mantenerse en pie dentro del cuadrilátero y evitar la fatídica escena de besar la lona, no sin la esperanza de acertar un viandazo afortunado contra el mentón del contrincante para que vuele por el aire su protector bucal, entre la llovizna horizontal que provoca el latigazo de la brusca y sorpresiva rotación de la cabellera sudada.

—Romanito, ¡te quiero, amigo! ¡Sacaste de la galera el búnker de Perón en este antro de gorilas! —exclama Benítez.

—¿Qué decís, gordo? Me parece que vos te estás peronizando por el cagazo que tenés con el tema de los despidos —contesta Romano.

—Y claro, boludo. ¡¿Vos no?!

—Yo, con el quilombo que tengo en la cabeza, ni llegué a pensar en nada. ¡Así estoy!

—Bueno, del quilombo en la cabeza no se salva nadie en estos tiempos. Pero hoy vamos a la fiesta del cheto, y seguro nos cruzamos algún elefante blanco del grupo empresarial.

—¿Y, qué hacemos? Ya sé, llevo el cajoncito, los trapitos, la pomada y les lustramos los zapatos. ¡Dejate de joder!

—No entendés, la historia del búnker del general fue el disparador. Con Rulo Gómez se nos encendió la lamparita y estamos hablando con todos, menos con el flaco Garrido que es oreja de los jefes. Hay que peronizar el cumpleaños de Figueroa. Imaginate, se apagan las luces y aparece la torta con las bengalas, las velitas y arrancamos a cantar el feliz cumpleaños al ritmo de la marcha peronista, ¡pero a viva voz, eh! Sin medias tintas —explica Benítez.

—¡Me encantó, gordo! Seguramente la torta aparece cerca de la medianoche, para ese momento estamos todos en pedo, felices como el 17 de octubre. Hagamos algo, metamos una previa en el café de Florida para definir detalles. ¡No puede salir mal!

—¡Pensar que sos radical, turro! —dice el gordo Benítez mientras comienza la retirada hacia su mesa de trabajo.

—¡Pero radical alfonsinista, gordo apátrida! —responde Romano, con frenesí adolescente.

# ¡QUE LOS CUMPLAS / MUY FELICES!

El atardecer del verano porteño se extiende a lo largo del cielo anaranjado que envuelve la urbe de cemento. Es viernes, se respira un clima distinto a cualquier otro día de la semana, los bares se pueblan de sonrisas y el caminar de los transeúntes se mueve al compás de una ansiedad colectiva relativa a la variedad de planes y preparativos que se trazan ante la inminente llegada de la noche que antecede al fin de semana.

El éxodo de oficinistas y comerciantes cambia el típico clima del café de la calle Florida. Todo es más distendido, los movimientos se vuelven relajados y el trato es más ameno. Romano ocupa su mesa preferida, ubicada en el centro del salón, frente a la entrada principal, con vista a la gran escalera. El lugar es estratégico para controlar los movimientos del bar. Al entrar disimula advertir la presencia del señor Pérez, que se encuentra sentado en la barra junto a los dos hombres con apariencia de ropero. Daniel se sienta de espaldas y los mantiene controlados con la ayuda del reflejo de un espejo lateral.

—Buenas tardes, Daniel. Te traje Clarín y La Nación —dice el mozo mientras apoya en la mesa un bruto sándwich de jamón crudo y queso.

—¿Y eso? Yo no lo pedí —responde Romano.

—Y falta lo mejor, un farol de origen importado. El "service" pidió que te sirva el mejor wiski de la casa — contesta Miguel con tonada cómplice y sonrisa socarrona.

—Bien Miguelito, ¡no olvides reclamarle la propina! —dice Romano.

—¡Qué rata que sos Romanito! Pero yo te quiero igual, ya te tomé cariño.

—Gracias Miguel, ¡sos un angelito!

Mientras Romano saborea la distinguida bebida observa por el espejo lateral que José Pérez se acerca desde el fondo del salón y piensa: "Este tema ha tomado vida propia, acá hay gato encerrado".

—Lo espero mañana a las 17 horas en la puerta del edificio Alas para ponemos de acuerdo de una vez con este tema — le dice Pérez.

—Me parece muy bien. Ahí estaré.

—Le debo pedir la más absoluta discreción.

—Por supuesto, cuente con ello —responde Romano mientras estrecha la mano de José Pérez, que se aleja por la espalda con un caminar tenso y ceremonioso hasta la barra ubicada junto a la pequeña puerta de salida sobre la calle Paraguay.

Daniel observa la retirada de Pérez por el espejo lateral, se siente en medio de un duelo, en ese preciso momento cuando las partes se ponen de espaldas y avanzan en sentido contrario, contando los pasos para luego girar y dispararse. "El disparo será mañana", pensó.

El gordo Benítez, Rulo Gómez e Inés entran en Florida Garden y se sientan en la mesa de Daniel.

—¡Llegaron los cabecillas de la resistencia peronista! —dice Romano.

—¡Buenas noches, compañero! —saluda Gómez con una sonrisa que se proyecta a través del contraste entre la tez morena y la blanquitud de sus dientes.

—Romano, te pido por favor; ¡afeitate los pelos de gorila antes de entonar la marcha! —exclama Inés.

—Como dijo el general: ¡en el fondo todos somos peronistas! ¿Saben de dónde salió el término de "gorila"? —inquiere Romano.

—¡Ni idea! —responde Gómez.

—Hay dos versiones, una dice que proviene de una película de Hollywood, de la frase que surge de una escena que luego se popularizó en broma. Clark Gable personifica el papel de un seductor cazador de animales salvajes en África. De él se enamora el personaje de Grace Kelly. De pronto se oye un fuerte rugido y ella salta sobre sus brazos. El galán aprovecha la situación para abrazarla y decirle dulcemente al oído: "No temas, deben ser los gorilas".

—Parecido a lo que sucedió con algunas frases televisivas como: "Éramos tan pobres" —dice Benítez.

—"Le llenaron la cocina de humo" —añade Inés.

—"Arteche y la puta madre que te parió" —agrega Benítez.

—La otra leyenda urbana cuenta que en el "ring side" del Luna Park se acuñó un mote despectivo contra Gatica: "el mono de Perón". Sus triunfos hacían delirar a la popular, pero su condición de peronista hizo que se ganara la bronca de los "cajetillas". Tras un triunfo inapelable de Gatica el lado acomodado, que se encuentra junto al ring, comienza a cantar a coro en tono burlesco: "mono, mono, mono". Esto desató la furia de uno de los presentes. Hugo del Carril, con su enorme vozarrón y su característica valentía, les decía: "Si él es el mono, ustedes son los gorilas" —explica Romano.

—Gatica sufrió la persecución después de la Revolución libertadora y falleció en la pobreza extrema —acota Gómez.

—¿La libertadora que nos vino a liberar del tirano con un golpe de Estado para fusilar, prohibir y perseguir personas? —interviene Inés.

—Con el antecedente del bombardeo a la plaza de Mayo —suma Gómez.

—Gatica era un perseguido político. Cayó Perón y cayó Gatica. Le prohibieron pelear en el Luna Park, se cambió el nombre y salió a pelear por el interior hasta ser descubierto, lo fue a buscar la policía a Bahía Blanca —comenta Romano—. En 1963, lo alcanza la muerte al tratar de abordar un colectivo en movimiento, de la línea 295, en las inmediaciones del estadio del Club Atlético Independiente. Le erra al pasamanos y es aplastado por las ruedas traseras. Murió menesteroso y harapiento, perseguido y maltratado.

—Una locura bombardear la plaza. Yo nunca entendí a los radicales, terminaron convalidando el golpe del 55 cuando se llenaban la boca hablando de libertad y corrían al general con la cantinela de la democracia —dice Benítez.

—¡Cuidado que Perón hacía de las suyas, eh! —retruca

Romano.

—¡Ya te sale el gorila que tenés adentro! Ves, los radicales siempre destiñen, che. No falla —contesta Benítez.

—Esperá gordo, como diría Jack "el destripador", vamos por partes. La tensión en tiempos del primer peronismo estaba dada entre la libertad y la igualdad, aunque te parezca mentira. Los dos gobiernos iniciales de Perón se enmarcaban en una dinámica revolucionaria, en muchos discursos de la época se habla de la "revolución peronista". En esa lógica la transformación social que se impulsó reprodujo lo que es, para mí, una democracia restringida, con opositores presos, el control de la radio —medio masivo de ese tiempo— y la expropiación de periódicos. Estaba también la presencia de los llamados "jefes de manzana" que no eran otra cosa que buchones de un régimen de vigilancia política. Nada sirve de excusa ante la canallada de bombardear la plaza de Mayo y nada puede justificar la violencia desatada por la llamada "Revolución libertadora". Siempre digo que la razón histórica está del lado de Perón, que no había otra forma de implementar las conquistas sociales en un país que venía dominado por la oligarquía local y el imperialismo británico. Pero, tal vez, si yo hubiese vivido la época y un hijo mío volvía del colegio primario con un libro plagado de propaganda política me hubiera equivocado como lo hizo el radicalismo —dice Romano.

—Por esa brecha que vos mencionás fue por donde entraron las minorías para enfrentar al pueblo y derrocar al peronismo, la oligarquía nunca se preocupó por la libertad, sino todo lo contrario, más bien son enemigos de los derechos del pueblo. Lo que realmente les molestaba eran las conquistas sociales —responde Gómez.

—¡Totalmente de acuerdo con el compañero! —aprueba Romano.

—Che, terminen con la retrospectiva histórica y ensayemos la marcha en modo de feliz cumpleaños —dice Inés.

Por unos minutos un susurro organizado invadió el ambiente, se trataba de la tradicional melodía de la marcha peronista: "Que los cumplas muy felices, que los cumplas muy feliz, que los cumplas compañero, que los cumplas muy feliz".

# EXTRAÑO CRIMEN SACUDE AL MUNDO EMPRESARIAL

Lo que en las primeras horas fue interpretado como un súbito paro cardiorrespiratorio masivo fue luego definido como homicidio. El cuerpo de la víctima fue hallado sin vida con diversas contusiones. La policía maneja varias hipótesis.

Se trata del empresario mediático Anselmo Díaz Cane, conocido en la jerga como "el gran elefante blanco" por su voluminosa figura y la capacidad empresarial de anexar emprendimientos relacionados con la comunicación.

Díaz Cane fue hallado muerto en el baño del departamento de su gerente predilecto, Andrés Figueroa.

En la noche del viernes un nutrido grupo de personas festejaba en un departamento del barrio porteño de Recoleta el cumpleaños de Figueroa, entre la concurrencia se encontraban empleados del portal de noticias que dirige el agasajado, integrantes del grupo empresarial y familiares. Según testigos el encuentro transcurrió con normalidad hasta entradas las doce horas, momento en que se apagaron las luces del departamento para que apareciera el pastel de cumpleaños iluminado por un sinfín de velas. Desde la penumbra del amplio living comedor comenzó a escucharse la tonalidad de típico canto del feliz cumpleaños que termino rápidamente silenciado por la entonación de la marcha peronista. Los testimonios narran que Cane manifestó airadas críticas contra los empleados del portal de noticias que entonaban afinadamente el estribillo justicialista, y que el clima se espesó hasta el punto del tumulto y los forcejeos.

Al parecer, la noche se enturbió por el tenso clima laboral que se vive en el portal de noticias gerenciado por Figueroa.

La fiscalía comenzó a tomar testimonios a los presentes con el fin de reconstruir los hechos que culminaron en la muerte del empresario.

# II
# LAS RUTAS DE LA HISTORIA

# EL GUARDIÁN DEL SECRETO MEJOR GUARDADO

José Pérez, el hombre con finos bigotes y cara de tetera, es en verdad el comisario mayor Guillermo Almirón. Su servicio público se remonta a los tiempos de la policía de la capital, fuerza que a partir de 1943 pasó a convertirse en la Policía Federal Argentina.

Los primeros mandados del joven aspirante a policía fueron para dos misteriosos sujetos de la fuerza que tenían a su cargo el seguimiento de un temido revolucionario: Hipólito Yrigoyen. La misión del joven consistía en hacer guardia en la puerta de la casa del líder insurgente. Guillermito, como lo llamaba don Hipólito, improvisaba su pequeño puesto de lustrabotas a pocos metros del domicilio del caudillo.

Almirón recuerda al líder radical con simpatía y mucho respeto. Cuando sale el tema de sus comienzos en la policía de la ciudad de Buenos Aires, sus pequeños ojos se llenan de emoción al narrar: "Don Hipólito siempre se me acercaba con la excusa de cepillar el polvo de sus zapatos, no era afecto al lustre, pero le servía para hablar conmigo y quitarme la presión de encima. Nunca podré olvidar su voz profunda y calma, ni el tierno gesto de su cara cuando me decía la rutina que le esperaba durante el día, pasándome él mismo la información para sus perseguidores, como apiadándose de mí. Algunas veces, incluso, llegaba a confesarme en qué lugar los iba a despistar para desaparecer como por arte de magia. Y lo hacía, los volvía locos".

La carrera de Almirón fue impulsada por el favor del primer gobierno radical. Yrigoyen no había olvidado al pequeño Guillermito, que —probablemente— en agradecimiento a su calidez paternal, un día le reveló información acerca de una redada policial contra los correligionarios de Barracas al Sud.

Ya para el inicio del segundo mandato de Juan D. Perón, Guillermo Almirón era ascendido a comisario mayor y designado como guardián del secreto mejor guardado en la historia argentina.

El joven agente de inteligencia de la recientemente formada Policía Federal Argentina conoció al coronel Perón cuando el funcionario militar estaba a cargo de la Secretaría de Trabajo y Previsión. Almirón, por esos días, contaba con información muy valiosa y decidió compartirla con él, por fuera de la estructura orgánica del Estado, algo que Perón agradecería eternamente; no es natural que un funcionario ponga en juego su carrera sin nada que ganar y con todo por perder. En verdad, Almirón no había olvidado al pequeño Guillermito, ni al ya extinto caudillo popular acusado de todos los espantos habidos y por haber. Para él, Yrigoyen y Perón se parecían bastante.

La oficina de la secretaría estaba ubicada en la calle Alem. Almirón observa el encuentro de Perón con trabajadores del puerto de Dock Sud, mientras espera para ser atendido por el funcionario. Los hombres lucen felices y agradecidos cuando se despiden. La sonrisa gardeliana de Perón parecía ser contagiosa, todos en la sala sonreían entre apretones de manos y leves palmeadas en los hombros. Un inmigrante yugoslavo no acepta el libro que el coronel les iba regalando, uno a uno, en la despedida. Nikola apenas maneja el castellano para hablar y con un gesto intenta transmitir que no sería capaz de leer en el idioma del escrito, el mismo gesto transmitía, también, el humilde respeto de un hombre sincero. Perón lo entiende todo en el acto, posa sus manos sobre cada hombro del silencioso interlocutor y le da una pequeña zamarreada mientras sonríe mirándolo a los ojos, se miran agradecidos y se despiden.

Perón lo invita a entrar a su despacho y pide que nadie lo moleste. Almirón le ofrece información de gran relevancia para los primeros días de octubre de 1945. La guarnición militar de Campo de Mayo comenzaba a ceder frente a las presiones de la oposición y el presidente Farrell consideraba seriamente sacrificar al joven coronel para que el gobierno iniciara una salida decorosa del poder, que implicaba una transición hacia la estabilidad institucional del país.

Perón estaba al tanto de la movida traicionera del general Ávalos, que se oponía a la popularidad que el joven coronel en ascenso experimentaba a partir de su relación con los trabajadores.

También tenía conocimiento sobre la iniciativa de las fuerzas políticas que promocionaban la entrega del poder a la Corte Suprema. Una salida que no caía nada bien en el gobierno.

Los acontecimientos que no conocía Perón, y que

estaban en el informe de Almirón, surgían de una comunicación telefónica entre el gobernador de Córdoba, Amadeo Sabattini, y Ávalos. El astuto caudillo radical había encontrado la fórmula para una salida decorosa del gobierno militar y para iniciar, al mismo tiempo, el camino hacia nuevas elecciones. Más tarde, el presidente Farrell aceptaría la estrategia.

Entre septiembre y octubre de 1945, se produjo una crisis en el gobierno militar de la revolución de 1943. La crisis provenía del aumento del activismo de la oposición política y de la Federación Universitaria Argentina, que habían sacudido al país con una multitudinaria marcha por la "Constitución y la Libertad" que exigía entregar "todo el poder a la Corte". Por otra parte, en el seno del gobierno se desató una intriga palaciega cuyo objetivo era eliminar de la escena a Perón.

La propuesta de Sabattini, para sortear la crisis política, quitaba del medio a la Corte Suprema y, para subsanar esa exigencia, proponía que el procurador general de la Nación se ubicara como ministro de Interior, que tuviera a cargo el proceso eleccionario y, a su vez, formara gabinete de gobierno, ubicando cinco ministros de su entera confianza. Fue la jugada perfecta, el gobierno militar no salía del poder con la cola entre las patas y se garantizaba la apertura democrática que exigía todo el arco político.

El 9 de octubre de 1945 Perón es destituido de todos sus cargos y reemplazado por Ávalos en el Ministerio de Guerra. El 10 de octubre el presidente Farrell y el general Ávalos llamaron al doctor Juan Álvarez, procurador general de la Nación, para proponerle la misión de formar un gabinete, del cual iba a ser ministro del Interior, para llevar adelante un proceso electoral.

Perón nunca olvidaría que Guillermo Almirón, un perfecto desconocido para él, había puesto en riesgo su carrera —y probablemente su vida— para alertarlo de la jugada de Ávalos, quien en todo momento estuvo obsesionado con su caída, y pegó el zarpazo cuando creyó que se descomprimía la crisis política.

El 17 de octubre las masas obreras liberaron a Perón de la prisión y sepultaron las intrigas palaciegas. El 24 de febrero de 1946, en comicios libres, el mismo pueblo lo eligió presidente.

# DIARIO DE GUILLERMO ALMIRÓN

**10 de mayo de 1954**

Me lavo la cara antes de afeitarme. El espejo me devuelve una imagen que no me resulta del todo grata, las marcas de los años comienzan a delinear el mapa de mi vejez. ¿Será la crisis de los 50? El impacto de los años sobre el rostro me retrotrae a mis tiempos de eternitud, antes de ahora, que cada tanto se me da por dialogar con la muerte.

Esto de andar de un tiempo al otro me ha ofrecido una dimensión más realista de la vida humana. Mi decisión inclaudicable de sostenerme fiel a mis orígenes me otorga una lente con la que soy capaz de escudriñar los corazones y pasar por alto las fachadas humanas, que por lo general conducen a diagnósticos equivocados. Creo que tengo ese arte. Cada cual nace con un toque especial, el mío es ese, descubrir las verdaderas motivaciones de los hombres, no como juez, como observador.

Vengo del siglo pasado y observar la realidad es parte de mi trabajo. Trato de no conjeturar desde la zona de los prejuicios, intento comprender antes que juzgar y trabajar la duda para intentar alcanzar alguna certeza.

En este tiempo las personas lucen solitarias, intocables; como aisladas en sus propios deseos. La gente que viaja en transporte público no se mira entre sí. Hasta las mujeres han perdido ese arte de examinar —de pies a cabeza— a un caballero o a la "competencia femenina". El contacto social se reduce a ese pequeño dispositivo de mano que llaman celular. En mi época le decimos celular a un camión con celdas que transporta presos. Dos cosas muy distintas que producen el mismo efecto: el aislamiento del sujeto.

Camino por el centro porteño y me invade una avidez espontánea por la comparación de las épocas, propia de haber transitado las mismas cuadras 70 años atrás, pero hace menos de treinta minutos. Pienso en mi responsabilidad, en no modificar nada que pueda alterar el curso de la historia, aunque hay días en que lo cambiaría todo.

Desde que el General me ubicó en esta función mi vida no volvió a ser la misma. Vivir viajando me ausenta del hogar, me aleja de mi pequeña Clara y de Noemí.

Al viajar a través de las décadas es imposible no pensar en la posibilidad de encontrarme con una anciana que podría ser Clarita. Me pregunto si aún estará con vida, si es posible que yo tenga nietos, si es feliz, si mantiene aún esa sonrisa que ilumina todo a su alrededor.

Mi empleo me ha dado una percepción diametralmente distinta de la vida, sin embargo, no veo la hora de finalizar la misión y volver a la cotidianeidad simple y familiar; ocupar mi espacio temporal hasta que me llegue la hora de morir.

Confieso que el tónico, que forma parte del protocolo

que exige el ministerio para los viajes en el tiempo, me otorga una tranquilidad reparadora. El cambio corporal no ha mejorado mi aspecto, más bien todo lo contrario, pero ocultar mi identidad bajo una apariencia distinta me facilita relacionarme y no vivir pendiente de un encuentro que pudiera alterar la vida de otros o poner en riesgo el secreto.

El general Perón aseguró que, por precaución, el ministerio quedará disuelto totalmente antes de que termine el año.

### 11 de mayo de 1954

Hoy Clarita cumple cinco años, yo me encuentro en funciones en 2024. Por protocolo, el ministerio le enviará por correo una postal de New York con un saludo que escribí hace un tiempo:

"Clarita, por estas horas te estará llegando un regalo que te compré en la Quinta Avenida. Espero que te guste. Feliz cumpleaños, tesoro. Te ama, Papá".

No veo la hora de regresar a mi vida.

Necesitaba distraerme, abandonar los espacios de la rutina. Decidí tomar un tren a la ciudad de La Plata. Escaparme al hipódromo para probar suerte y despejar la mente. Ya en Constitución pude percibir un ligero cambio de aire. La estación estaba atiborrada por un aluvión de transeúntes ingresando a la capital. De no ser por la vestimenta todo se parecía mucho a 1954. Presurosa, invadida por la premura del horario, la gran masa caminaba casi corriendo, formando huecos entre aquellos que no alcanzaban la velocidad promedio del gran grupo.

Como una metáfora perfecta de mi vida, yo me encontraba viajando en sentido contrario, con el tiempo necesario para observar aquel espectáculo.

Luego de pasar por la estación de Quilmes dos vendedores ambulantes comienzan a discutir por algún tipo de permiso para la venta. No vendían los mismos productos, pero por la argumentación alcancé a comprender que el más joven de ellos carecía de habilitación, que vaya uno a saber quién la otorga. El enfrentamiento fue acalorado, por estos días los insultos contienen nombres de animales: "No podés vender acá arriba, gato", "Yo hago lo que quiero, perro". Las bravuconadas iban en aumento hasta que llegó un agente de seguridad no estatal, que ofició de juez y determinó que el muchacho debería bajar en Berazategui para nunca más volver a subir sin boleto. Un pasajero, que viajaba en uno de los asientos de adelante, increpó al agente: "Fiera, el chico te está diciendo que no tiene trabajo, no seas malo. No lo dejás trabajar y le pedís que pague boleto. ¡Zarpado gato, vos!".

Ahora que lo pienso la característica más destacada que encontré en el 2024 es que las personas se manejan por dos andariveles. Uno es el del hermetismo, con la mirada fija en el celular, encerrados en una celda mental que los confina al aislamiento. Otro es el de un repentino cortocircuito violento que nunca se sabe dónde puede terminar. Una violencia repentina, generalmente por razones pueriles, que proviene de una profunda e íntima frustración. Como dice el General: "Nadie se realiza en una sociedad que no se realiza".

### 12 de mayo de 1954

En mi billetera llevo un almanaque. Cada vez que viajo me dedico a ir tachando cada día, como hacen los condenados.

La responsabilidad del secreto no me pesa más que la ausencia en los días de mi tiempo. Será por eso que mantengo algunas simples cosas que me ayudan a mantener la cordura: este diario fechado, algunos billetes de curso legal, el reloj que me regaló mi padrino, los gemelos que usé en mi casamiento con Noemí; todas señales que me reservo para estar mentalmente ubicado en tiempo y espacio.

**17 de mayo de 1954**

He tenido días fatales. El secreto del Ministerio del Tiempo, que me encomendó el General, está en riesgo. El tónico de cambio corporal estuvo en falta y nos vimos obligados a saltear ese paso en el protocolo de los viajes. Tres de nuestros más prestigiosos viajeros fueron descubiertos por un periodista que trabaja en un importante portal de noticias.

Hoy debo preparar un informe para describir la situación y esperar instrucciones. Hay muchas formas de mantener a salvo un secreto, espero no tener que llegar a una situación extrema, no estoy listo para eso, no podría arrebatar una vida.

Es muy probable que esta circunstancia pueda acelerar el cierre definitivo del proyecto.

El periodista en cuestión es un personaje conflictivo, con un desequilibrio emocional de proporciones. Pese a ello, debo reconocer, que tiene una gran lucidez en sus interpretaciones políticas e históricas.

Por otra parte, el periodista se tomó el resguardo de narrar su descubrimiento ante un escribano público, cuya identidad aún nos resulta desconocida. Este puede ser un factor clave para no tener que llegar a extremos indeseables para mí. Pienso poner especial atención a este asunto con el fin de alcanzar un acuerdo viable y beneficioso para las partes.

## 19 de mayo de 1954

Las directivas del ministro fueron claras y también ambiguas: citar a Daniel Romano en las entrañas del ministerio para ponerlo en autos sobre la dinámica del mismo, concretar una reunión entre él y los viajeros con la finalidad de aprovechar al máximo el encuentro en virtud de una fructífera interacción entre el análisis de generaciones tan dispares. Al mismo tiempo se requirió mi presencia como mediador e informante directo del ministro. Párrafo aparte se me intimó la portación de arma reglamentaria.

No veo la hora de terminar con todo esto.

Me sorprende la frialdad de Romano en todo el asunto, tanto su rapidez para ponerse a resguardo como la templanza para llevar a cabo sus provocaciones al momento de negociar. Admiro su desfachatez egocéntrica y sarcástica. Francamente, deseo no tener que actuar drásticamente.

Romano es un personaje bastante peculiar para su época, con características personales más parecidas a mi temporalidad.

# INVESTIGACIÓN DE LA MUERTE DEL SEÑOR HILARIO DÍAZ CANE

## Testigo 1

Siendo las 11 horas de despacho y oportunidad para oír las declaraciones de los testigos, se llamó a declarar a la ciudadana Fabiana Domínguez, de 32 años, oriunda de Dock Sud, partido de Avellaneda, Provincia de Buenos Aires, a quien le fueron leídas las generales de la ley referentes a testigos y manifestó no tener impedimento legal alguno para declarar sobre el interrogatorio que le será formulado de viva voz por el promovente.

—¿Diga el testigo qué relación sostenía con el fallecido?

—Era mi pareja, convivíamos desde hacía tres años.

—¿Usted sabe si el señor Díaz Cane tenía marcas en el cuerpo anteriores a la reunión sostenida en el departamento de la calle Santa Fe? ¿Tenía usted conocimiento sobre problemas cardiacos preexistentes, qué recuerdo tiene sobre la reunión en la casa del señor Figueroa?

—Bueno, para empezar —como dije anteriormente— fuimos pareja durante los últimos tres años. Hilario era muy temperamental para todo, también para el sexo. Por la diferencia de edad, como decía, tomaba un tipo de vigorizante o potenciador, que según le dijo el médico no influía con su problema de corazón. A veces pienso que, tal vez, se combinaron algunas cosas. Esa tarde sostuvimos relaciones, luego tomó alcohol en la cena y después se enfervorizó contra un grupo de empleados del portal. Como le decía, Hilario era una persona muy temperamental.

—¿Sabe si tenía algún hematoma en el cuerpo desde antes del episodio?

—Nos llevábamos muy bien en todos los aspectos de la vida, también en la cama.

—¿Sugiere que fue su temperamento el que generó hematomas en el cuerpo de la víctima?

—Nuestro temperamento, diría yo. A mi gordito le gustaba jugar. Algunas veces me pedía que lo tomara del cuello o que utilizara algunos juguetes sexuales.

—El apasionamiento y lo que usted denomina juguetes sexuales, ¿infringían castigo?

—En ocasiones sí.

—¿Qué marcas provocó el acto sexual aquella tarde anterior a la reunión en la casa de Figueroa?

—No lo recuerdo con precisión.

—¿Qué recuerdo tiene de lo ocurrido en el domicilio de Figueroa?

—Hilario estaba muy animado, hablando de negocios con sus amigos. Yo no escuchaba la conversación, pero siempre hablaban del mismo tema.

—¿Todo fue distendido hasta el momento de la trifulca?

—Sí, todo era normal. En un momento me montó una pequeña escenita de celos porque un empleado del portal me miraba insistentemente.

—¿Conocía al empleado? ¿Podría precisar su nombre?

—No, nunca lo había visto antes.

—¿El señor Díaz Cane conocía a ese empleado?

—Yo pienso que sí. Me pidió que me cubriera el escote porque, según dijo, "el zurdo de mierda te está mirando las tetas".

—¿Díaz Cane mostraba animosidad contra los empleados presentes?

—Yo estaba en mi mundo, charlando con amigas. Hilario siempre decía que tenía a su mejor gerente en el peor lugar. Decía que el portal estaba invadido por zurdos desagradecidos, que no cuidaban su trabajo.

—¿El hombre que observaba su escote participó de la trifulca?

—No lo sé, estaba muy oscuro y me quedé paralizada escuchando los gritos de Hilario.

—¿Recuerda qué era lo que gritaba Díaz Cane?

—"Negros de mierda, los voy a despedir a todos, zurdos muertos de hambre". Cosas por el estilo, cosas que decía cuando se enojaba mucho.

—¿Qué fue lo que provocó la ira de Díaz Cane según usted?

—Para mí que hicieran un acto político en una fiesta de cumpleaños. De golpe, cuando se apagaron las luces para recibir la torta, empezaron a cantar la marcha peronista. Y lo hacían con provocación, sabe. Algunos impostaban la voz, imitando a Hugo del Carril.

—¿Qué recuerda del episodio de violencia?

—No mucho en realidad. Recuerdo que mi gordo quedó en medio de un remolino de personas, que volaban golpes de puño por el aire. Esa fue la última imagen con vida que me quedó de él.

—¿Usted no entró al baño donde fue asistido?

—No, yo me quedé en el dormitorio contiguo. Recién salí cuando todo estaba calmo y Andy me dio la noticia. Quedé en shock. De ahí en adelante no recuerdo nada hasta que llegué a mi casa.

# LA NOCHE

Tengo una extraña sensación; un hormigueo, mezcla de ansiedad y alegría, me recorre todo el cuerpo. Por un momento me invadió una profunda e inexplicable emoción, sentí que un acto de justicia me había alcanzado después de tantos fracasos. Algo grande, al fin, se cruzaba en mi camino.

Pérez me invitó a seguirlo en un recorrido de catacumbas por las profundidades del edificio Alas. Pensé que mi vida estaba en peligro, temí lo peor, me sentí en extremo vulnerable; nadie sabía dónde estaba y ni yo entendía qué era lo que sucedía realmente. A veces me sorprendo de mi propia intrepidez.

Ingresamos en un enorme y luminoso salón, una araña de cien luces cuelga al ras del piso, mientras empleados uniformados con antiguas vestimentas de mayordomía friegan sus franelas naranjas sobre el bronce.

José Pérez continúa su marcha por la sala espejada, camina con seguridad, abre las puertas y me invita a pasar a un despacho de antaño. Un gran equipo de radio revestido en madera luce imponente en un lateral del cuarto, sobre el escritorio —repleto de papeles y carpetas— brilla un teléfono de metal negro. El funcionario se sienta bajo el retrato de un Perón jovial que luce mangas de camisa.

Resultó que Pérez no era servicio de inteligencia de la

SIDE, sino de la Policía Federal.

Quedé atónito con la descripción del proyecto y con el aceitado mecanismo de viajes. A casi ochenta años de tal experiencia no existe ni el menor indicio del transporte de personas a través de las épocas. Según parece, mi descubrimiento —que no fue tal cosa— acelera los tiempos para cerrar la oficina. Creo que la paranoia jugó de mi lado en esta historia. Aún no puedo darme cuenta del hallazgo que se me atribuye en torno a los viajeros que alcancé a divisar levemente en la cercanía del edificio Alas. Mi recuerdo es oscuro, plagado de imágenes confusas, siluetas que se mezclan con sonidos, risas y voces inaudibles.

Mi partida de póker, con cara de nada, entre mano y mano, me encaminó, sin saberlo, en la dirección correcta.

Pérez se mostró abierto, me inspiró confianza, sobre todo luego de sentir que mi vida estaba en sus manos durante el sinuoso trayecto hasta las oficinas del ministerio.

En nuestra despedida presentí que nacía cierta complicidad entre ambos, sobre todo luego del momento en que confirmó con el ministro la aceptación de mis requerimientos para mantener a salvo el hermetismo del proyecto. Mi sexto sentido de periodista me indica que José Pérez se transformó en mi nuevo aliado.

No puedo dormir, no dejo de pensar, siguen dando vueltas en mi cabeza las imágenes de los hombres en overol; al fin mañana podré conocerlos y completar la saga de este misterio.

Me pregunto si esta nueva relación que siento emprender con Pérez no será parte de una manipulación estudiada y entrenada, típica de espías. ¿El tónico que debo beber antes de dormir será seguro para mi salud?

Mi temor es producto del razonamiento, mas no de algún tipo de sentimiento. Aunque parezca mentira eso me genera tranquilidad. Todo está fuera de lugar ahora, mañana viajo en el tiempo con un desconocido para entrevistarme con tres desconocidos más. Por eso debe ser que se me da por confiar en mis corazonadas más que en conjeturas racionales. ¿Qué tipo de racionalidad resiste la posibilidad de un cambio físico, de la noche a la mañana, por ingerir un líquido?

Cierro los ojos, sigo pensando, y creo que estoy dormido. Pienso que sigo despierto, pero sé que estoy durmiendo. Quiero descansar, estar afilado, con mis reflejos intactos para mañana. ¿Estaré dormido?

# EL VIAJE

Daniel despierta con el sonido del despertador de su celular. Sentado sobre la cama se toma la cabeza como el que atrapa una pelota de fútbol en el aire. Descubre la multiplicación de vello en torso y piernas. Su piel se tornó morena y su cabello, más oscuro. Invadido por la curiosidad corre hasta el espejo más grande del departamento: su perfil griego —herencia por parte de madre— ha desaparecido y su color de ojos mutó a un marrón encendido. Era absolutamente distinto, irreconocible. Un ligero dolor de cabeza lo acompañaba desde que se incorporó de la cama.

En el pequeño living, silenciosos, petrificados como piedras, aguardaban los dos hombres con apariencia de ropero. Su misión consistía en capturar fotográficamente la nueva identidad corpórea del novel viajero.

Romano se sorprendió al verlos, pero rápidamente se tranquilizó al ver que ninguno de ellos era una amenaza, como tampoco aquella sustancia que había ingerido la noche anterior.

En esta oportunidad ingresaron por el vestíbulo central del edificio Alas, para luego internarse en un laberinto de pasillos hasta desembocar en un ascensor, en cuya fachada figuraba un cartel polvoriento que decía: "Fuera de servicio".

El descenso fue lento, la luz amarillenta teñía el pequeño

cubículo en el que apenas entraban los tres. Cada segundo se estiraba a más no poder hasta que una frenada aparatosa y abrupta los deposita en una profundidad descocida, imposible de medir.

Los recibe José Pérez, con una sonrisa de oreja a oreja.

—¿Cómo pasó la noche, Romano?

—Muy bien, José. Lo más duro fue mirarme al espejo, como comprenderás.

—Lo comprendo perfectamente. ¿Así que yo era el señor cara de tetera?

— Sí, y yo sería el hombre con cara de pez martillo.

—Podríamos fundar un circo y salir de gira, ¿no te parece?

Los nuevos amigos entraron, entre risas, en la sala del transportador.

Terminado el viaje hasta mayo de 1954 ingresaron en un amplio vestidor. Romano tomó un traje gris y un sombrero del mismo tono. Pérez le alcanzó un gabán negro y una libreta de enrolamiento con la foto tomada por los agentes del ministerio.

—Este será tu nuevo nombre: Anselmo Marino —dice Pérez.

—¡Suena a cantor del tango! —exclama Romano.

—Profesión: sastre. Tu lugar de alojamiento figura en la documentación. La vivienda está ubicada detrás de la fachada de una sastrería en Esmeralda 431, a pasos de la calle Corrientes. Los muchachos te van a acompañar hasta el lugar, yo te paso a buscar en un par de horas.

—Muy bien, que así sea, espero que no vengas con las manos vacías porque muero de hambre.

—¡Tranquilo Anselmo! Todo está calculado, en la vivienda hay provisiones y una caja fuerte con algo de dinero para que puedas moverte con holgura.

Los hombres con apariencia de ropero lo montaron en el asiento de atrás de un auto enorme, con amplios asientos tapizados en cuero blanco. El lanchón de cuatro ruedas inició su marcha por la avenida Alem y uno de los hombres inició la conversación con Daniel.

—Señor Marino, ¿usted conoce la historia del nombre de la calle Esmeralda?

—La verdad es que no tengo idea.

—Esmeralda era el nombre del barco más poderoso de la corona española, que se hallaba en el puerto del Callao cuando Bernardo O'Higgins —con la aprobación de San Martín—, una vez obtenido el triunfo definitivo sobre los realistas de Chile en la batalla de Maipú, se dispone a formar una flota que debía conducir a las tropas del ejército libertador hasta Perú.

—En ese entonces, y aunque le parezca ridículo, los periódicos de Buenos Aires acusaban a San Martín de haberse robado un ejército.

—Hace tiempo que he perdido mi capacidad de asombro con el contenido de los pasquines porteños. Como apoyo de la operación para liberar Perú, un grupo de ciento sesenta marinos y ochenta infantes de la marina chilena embarcados en catorce botes, y con los remos atados con género para no hacer ruido, se filtraron a través de la neblina por la defensa española y abordaron el navío. A las horas "La Esmeralda" salía del puerto del Callao navegada por sus captores. Aquel golpe de mano fue definitivo para la conquista del Pacífico y la posterior caída del régimen realista en la capital del Virreinato.

—Muy interesante. Generalmente nombramos calles cuyos nombres nos remiten a personas o a situaciones de nuestra época, olvidando por completo que cada una de ellas contiene un valor histórico o simbólico.

—Así es. También hay calles, cuyo nombre mejor olvidar, pero también son parte de nuestra historia.

La charla contaba con el gesto constante de asentimiento del conductor del vehículo, que quiso aportar sus impresiones ante los datos históricos:

—Para mí, sin embargo, la calle Esmeralda me remite al tango que cantaba Carlos Gardel, el que solía cambiar su nombre por el de Charles Boyer.

Daniel Romano, bajo el traje de Anselmo Marino, lamentó íntimamente la imposibilidad de recurrir a su teléfono celular para consultar en la red de internet sobre el tango "Corrientes y Esmeralda" y descubrir que se trata de un poema escrito por Celedonio Flores, al que Francisco Pracánico puso música.

Su letra está impregnada de un abundadísimo lunfardo, bien orillero; que hace que su interpretación resulte algo compleja para la generación de Romano. Este tango, de los más escuchados en la década del cuarenta, habla de los guapos que soñaban con la pinta de Carlos Gardel, que se juntaban en patotas en las esquinas porteñas para piropear mujeres, y también a provocar y matonear. Introduce palabras como "franchutas papusas" que alude a prostitutas provenientes de Francia, o "pris", derivado de un vocablo francés que indica tomar cocaína por la nariz. Habla del "hombre tragedia" en alusión a Scalabrini Ortiz, historiador y filósofo, autor de la obra "El hombre que está solo y espera", cuyo protagonista es el arquetipo del porteño: el hombre de Corrientes y Esmeralda.

Corrientes y Esmeralda. Tango

Música: Francisco Pracánico
Letra: Celedonio Esteban Flores

Amainaron guapos junto a tus ochavas
Cuando un cajetilla los calzó de cross,
Y te dieron lustre las patotas bravas
Allá por el año… novecientos dos…

Esquina porteña, tu rante canguela
Se hace una melange de caña, gin fizz
Pase inglés y monte, bacará y quiniela,
Curdelas de grapa y locas de pris.

El "Odeón" se manda la Real Academia
Rebotando en tangos el viejo "Pigall",
Y se juega el resto la doliente anemia
Que espera el tranvía para su arrabal.

De Esmeralda al norte, del lao de Retiro,
Franchutas papusas caen a la oración
A ligarse un viaje, si se pone a tiro
Gambeteando el lente que tira el botón.

En tu esquina un día, Milonguita, aquella
Papirusa criolla que Linning cantó,
Llevando un atado de ropa plebeya
Al hombre tragedia tal vez encontró.

Te glosa en poemas Carlos de la Púa
Y el pobre Contursi fue tu amigo fiel...
En tu esquina rea, cualquier cacatúa
Sueña con la pinta de Carlos Gardel.

Esquina porteña, este milonguero
Te ofrece su afecto más hondo y cordial
Cuando con la vida esté cero a cero
Te prometo el verso más rante y canero
Para hacer el tango que te haga inmortal.

# INVESTIGACIÓN DE LA MUERTE DEL SEÑOR HILARIO DÍAZ CANE

## Testigo 2

Siendo las 13 horas de despacho y oportunidad para oír las declaraciones de los testigos, se llamó a declarar al ciudadano José Ignacio "Rulo" Gómez, de 38 años de edad, oriundo de la Ciudad de Buenos Aires, a quien le fueron leídas las generales de la ley referentes a testigos y manifestó no tener impedimento legal alguno para declarar sobre el interrogatorio que le será formulado de viva voz por el promovente.

—¿Diga el testigo qué relación sostenía con el fallecido?

—Soy delegado gremial del portal de noticias, cuya propiedad pertenecía al señor Díaz Cane. No tenía una relación próxima, nunca tuve trato directo con él, todos los asuntos gremiales siempre fueron discutidos con sus gerentes.

—Los testigos afirman que usted estuvo presente en la reunión donde se produjo el deceso del señor Díaz Cane.

¿Es así?

—Efectivamente. Fui invitado por el señor Figueroa. Sin embargo, debo decir que me anoticié por las redes sociales del fallecimiento del empresario. Al principio pensé que se trataba de una noticia falsa, luego me comuniqué con Figueroa y me confirmó la veracidad de la misma.

—¿Qué fue lo que le dijo el señor Figueroa?

—Que Díaz Cane había fallecido en el baño de su departamento.

—¿La confirmación de la noticia llegó a sorprenderlo?

—Confieso que sí. Nunca pensé en ese desenlace, los acontecimientos no fueron tan graves. Tampoco imaginé que la salud de Díaz Cane estaba tan deteriorada, se lo veía en forma.

—¿Cómo se desataron esos acontecimientos que menciona?

—Recuerdo que el empresario se abalanzó sobre los compañeros del portal, estaba desencajado, fue muy sorpresivo para todos. Nadie esperaba una reacción violenta.

—¿A qué atribuye esa reacción?

—Claramente se debe al modo de pensar y de sentir su relación con los trabajadores. Son mentes formadas en un criterio de superioridad. Ven al mundo del trabajo como un conjunto de súbditos que deben obediencia ciega a los dueños del capital. Se creen superiores, entonces cuando escuchan a un trabajador hablando de derechos reaccionan violentamente, como si se tratara de una amenaza.

—Usted narra un clima hostil contra los trabajadores del

portal. ¿Cuál fue la reacción de ellos?

—La primera reacción fue de sorpresa. Ya le digo, nadie esperaba que acontecieran hechos de violencia. Después de todo solo se cantó el feliz cumpleaños al ritmo de la marcha peronista, en un clima relajado, de festejo y armonía. La respuesta desencajada de Díaz Cane, entre otros, desencadenó en un forcejeo sin mayores dificultades para nadie, al menos en apariencia. Un par de bifes al aire, nada de importancia. Yo creo que el asesino que mató a Díaz Cane fue su propio odio.

—¿Qué sucedió después del forcejeo que usted describe?

—Los compañeros abandonamos el lugar entonando la marcha peronista.

# TROPEZANDO CON LA HISTORIA

Marino se acomoda el sombrero y no sabe muy bien cómo actuar ante el caluroso recibimiento del sastre Vincenzo Calabria. El dueño de casa es un hombre amable y acalorado; inmigrante italiano y colaborador de la SIDE fundada por el peronismo.

Mientras Daniel Romano se adapta a su nueva armadura, de tez morena y ojos almendra, observa a una joven que camina por el largo pasillo que desemboca en su pequeño departamento ubicado al fondo del local. La figura se mece, haciendo equilibrio con una bandeja repleta de comida, luce una larga pollera oscura y polera de lana celeste. La ve acercarse y comienza a tener la certeza del nuevo significado de la calle Esmeralda en su vida, ya no sería la fragata española o el poema en lunfardo convertido a tango. Ahora, esa italiana con cintura de avispa y finos pechos lo había capturado por completo. La invita a pasar y observa que sus penetrantes ojos verdes se pierden en el indisimulado gesto de buscar un lugar para apoyar el almuerzo.

El aroma frutal de María ruborizó a Daniel. Confundido y acelerado, desarmado en el arte de la seducción por la nueva fisonomía de su rostro, recuerda un viejo refrán popular: "soldado que huye sirve para otra batalla".

Tirado en la cama, mirando las imperfecciones del cielo raso intenta reconstruir en su memoria los acontecimientos en la casa de Figueroa. Piensa en Graciela y en su relación con el gerente del portal. Los nuevos e inesperados acontecimientos habían desmoronado de tal manera su vida cotidiana, que aquello parecía un mal sueño. Ahí estaba, en mayo de 1954, listo para salir a recorrer Buenos Aires y visitar un tiempo anterior al suyo. Tal vez pueda pasar por el bar de sus abuelos y espiarlos desde el anonimato, acercarse hasta ellos sin modificar nada, para no alterar la normalidad en la temporalidad, para no perder una sola caricia, ni uno solo de los besos que recibió en su infancia. Solo para verlos una vez más, disfrutarlos dependiendo de las circunstancias. Sería, pensó, como una caricia al alma con ardor de puñalada, impedido de abrazos, miradas y aquel lenguaje de amor que atesoraba en su interior.

Cada tanto miraba sus manos, que eran distintas. Se le hacía difícil recibir la imagen que le devolvía el espejo, incluso con una leve y fugaz mirada. Era otro, completamente diferente, absolutamente irreconocible. Anselmo Marino no era otra cosa que él mismo en otro pellejo.

Golpean la puerta del departamento y Anselmo salta de la cama, abandonando la modorra, exaltado, pensando en María. Falsa alarma, cuando abre descubre que la voz de José Pérez se esconde bajo el disfraz de una apariencia refinada y elegante.

—Un gusto, ¡Guillermo Almirón, ex cara de tetera para usted!

—¡Pero si sos igual a George Clooney!

—Gracias, pero no es para tanto. Sucede que el tónico nos afea bastante.

—No creo que lo digas por mí.

—Vestite que salimos. Te tengo buenas noticias, ya están confirmadas las entrevistas con los viajeros del tiempo. Scalabrini, Jauretche y Abelardo Ramos. En ese orden.

—¿Me jodés?

—Dale, apurá con el abrigo, que tengo entradas para el Luna Park.

—Esperá José, o como te llames, se me cruzan los nombres, hay algo que te quiero contar.

—Tranquilo, de camino nos damos una vuelta por el bajo y charlamos. Tenemos tiempo hasta que empiece la pelea.

Los amigos caminaron por Esmeralda en dirección a Corrientes y de ahí al bajo.

Romano sintió que ya no podía con todo. Al escuchar los nombres de los viajeros, que nunca alcanzó a reconocer, le pareció demasiado. Quería confesar, todo había sido producto del azar, pero era demasiado tarde para eso.

La avenida Corrientes era un hormiguero de gente, los sombreros asomaban sobre la multitud y los canillitas anunciaban la quinta edición del día. Un remolino de gente envolvía a un jovencito, que sostenía una considerable cantidad de diarios, mientras anunciaba a viva voz: "Asumió el vicepresidente electo Alberto Teisaire". La cara de Anselmo empalideció de golpe, casi a la tonalidad que solía caracterizar a Romano.

—Guillermo, ese los va a cagar. Teisaire los va a joder, ¿entendés?

—Pongamos en claro algo, el protocolo es inflexible, no podemos hacer revisionismo ni intervenir en los sucesos, la información es clasificada y siempre gira en torno a los acontecimientos humanos relacionados con la composición social. Tu inclusión es algo fortuito, que el ministerio aprovecha para conocer una mirada generacional, de primera mano, acerca de la evolución de la democracia como sistema.

»Yo sé que no es fácil, Daniel. Lo sé perfectamente, por eso te pido que te mentalices con las entrevistas, vos podés preguntar en el tiempo verbal que te parezca, pero ellos solo van a responder con ejemplos del pasado. La publicación de los reportajes en el portal deberá pertenecer al género de ficción. Es preciso que te enfoques para no generar problemas de difícil solución.

—Sí, comprendo. Fijate que caminamos cuatro cuadras y ya me encuentro tropezando con la historia. Me voy a enfocar, como decís, tené en cuenta que todo se me viene encima, el cambio de aspecto, el viaje en el tiempo, tu cara, los nombres, María...

—¿María? ¿No te puedo dejar solo ni por un instante?

—¡Es amor a primera vista!

—No, por favor, sabés muy bien que eso no existe, además no podés influir en nada, en nada.

El sobresalto de Daniel Romano al escuchar el nombre de Teisaire se remonta a una de las historias de traición más repulsivas del siglo XX, probablemente olvidada debido a la aberrante persecución política que se desataría después. Muchas veces la amnesia histórica se propaga por la memoria colectiva para preservar el recuerdo sobre las cosas más aberrantes.

En 1951 Eva Duarte renuncia a la candidatura a vice y Perón decide volver a completar la fórmula con Hortensio Quijano, el único vicepresidente argentino reelecto de la historia.

Quijano fue fundador del peronismo y acompaño al general en la fórmula de 1945 contra la Unión Democrática; conglomerado político patrocinado por el empresario y embajador norteamericano Spruille Braden.

El vice de Perón, que lideraba el espacio de la Unión Cívica Radical Junta Coordinadora, auspició el sustento electoral del naciente peronismo y nutrió sus filas con radicales yrigoyenistas, entre los que se encontraba, por ejemplo, Juan Isaac Cook, padre de John Williams, quien en el futuro se convertiría en un destacadísimo dirigente justicialista.

Hortensio Quijano, reelecto en 1951, fallece el 3 de abril de 1952 en el ejercicio de la vicepresidencia y antes de asumir su segundo mandato. El cargo permaneció vacante hasta1954, año en que se realizaron elecciones para elegir al vice de Perón, conforme a la exigencia de la Constitución Nacional de 1949.

Teisaire, el elegido de Peron, triunfa holgadamente con el 64% de los votos sobre el radical Crisólogo Larralde, que obtiene el 32%.

En septiembre de 1955 una sublevación cívico militar derrocó al peronismo y a todos los poderes constitucionales del país, para establecer una dictadura encabezada por el general Eduardo Lonardi y el almirante Isaac Rojas.

El nuevo régimen se autodenomina "Revolución libertadora", y asume el control sobre los cadáveres de

156. Perón parte al exilio, ya en la embajada de Paraguay en Buenos Aires fue consultado sobre su postura de abandonar el país por un colaborador, el mayor Cialceta, y el general fue lo suficientemente claro: "Mire, mi hijo, entre la sangre y el tiempo, prefiero el tiempo. Si he sido malo no volveré, pero si he sido bueno voy a volver".

La sublevación estuvo al borde del fracaso, pero el apoyo de la Marina fue determinante para el triunfo de los sediciosos, si Perón no dimitía bombardearían Buenos Aires desde el Río de la Plata, el ataque incluía dos refinerías de petróleo, lo que hubiese sido un desastre de proporciones.

El nuevo orden deroga por decreto la Constitución Nacional de 1949 y decide barrer al peronismo. Las críticas a Perón sobre la censura política serían nada en comparación con la violencia desplegada desde el día del golpe.

La feroz persecución política contra el peronismo tiene como antesala el discurso del vicepresidente de Perón, que se proyectaría en todas las salas de cine del país.

Alberto Teisaire extiende una crítica rotunda contra el gobierno de Perón, que luego funciona como relato central para la represión de sus excompañeros. Entre otras cosas dice: "La conducta de Perón como gobernante y su deslealtad para los que en él creyeron, su cobarde y vergonzosa deserción frente al adversario que lo hizo abandonar al gobierno y a sus colaboradores, me habilitan para la actitud que asumo.

Estimo que no tengo por qué guardar respeto ni consideraciones para quien no las tuvo con nadie, ni siquiera con el país, de cuyos destinos dispuso a su antojo.

Algunos se preguntarán cómo fue que viendo tanta podredumbre moral e infamia ya no acusase en su momento al responsable directo de ese estado de cosas.

Mi respuesta es que el sistema cerraba toda posibilidad de rebeldía, crítica o disentimiento a quienes no comulgaban incondicionalmente con sus ideas y sus planes.

Todo el que levantara su voz contra Perón era marcado como traidor o vende patria y perseguido en todos los terrenos, conjuntamente con su familia.

Disentir era quedar expuesto a la cárcel y a la persecución, que se extendía a amigos y familiares. Disentir o rebelarse comprometía la libertad, el honor y los bienes propios y familiares.

Yo también podría haberme ausentado del país o asilarme en alguna embajada extranjera.

Me quedé para no seguir el desgraciado ejemplo de Perón, quien después de utilizarnos, engañarnos y entregarnos se fugó en un barco de guerra extranjero. Lo suyo fue una traición a sus partidarios, a sus compatriotas y al país.

Perón, que hizo derramar sangre de obreros, de soldados y de ciudadanos terminó huyendo en el momento más crítico y cuando todavía las cosas no estaban decididas.

Mientras los trabajadores daban "la vida por Perón" él tuvo miedo de dar su vida por los obreros, y huyó.

Abandonó al partido peronista que siempre le acompañó con lealtad y sacrificio. No fue leal ni se sacrificó por su partido, y también abandonó a las mujeres partidarias, que tanto creían en él aunque él nunca creyó en ellas.

Se asiló bajo bandera extranjera, hecho único en la historia nacional. Los dos únicos presidentes constitucionales derrocados por una revolución (Yrigoyen y Castillo) afrontaron la situación con entereza, asumiendo la responsabilidad de su magistratura frente a quienes encabezaron aquellas sediciones.

Sin embargo, Perón, que tantas manifestaciones de hombría, de coraje y de valor había hecho, tuvo miedo y huyó.

Bonito ejemplo nos dejó el "conductor", el "líder", el "libertador" que nosotros idealizamos y ensalzamos con un candor y buena fe realmente increíbles".

Al indagar sobre la motivación del vicepresidente para semejantes declaraciones y el humillante rol de su presentación pública, encontraremos que el almirante no tenía cómo justificar el contenido de la caja de seguridad del banco Francés que encontró la revolución antiperonista.

Increíblemente, en plena etapa peronista, el senador Teisaire fue autor de diez proyectos de ley sobre homenajes y otorgamientos de honores a Perón.

El vicepresidente fue juzgado por los golpistas, privado del grado y del uso del uniforme, borrado de los registros de la Armada y detenido en la isla Martín García hasta 1958.

La felonía no hizo mella en el pueblo peronista. Perón volvió a la Argentina y fue electo presidente por abrumadora mayoría después de dieciocho años en el exilio.

Con la autodenominada "Revolución libertadora", apoyada por la oligarquía y la iglesia católica, se abre una de las páginas más oscuras de la historia argentina. Se fusiló, reprimió, encarceló y proscribió. Los libertadores, que se habían justificado con la censura impuesta por Perón y el alegato de Teisaire, terminaron suprimiendo la voluntad popular durante décadas, con pequeños interregnos democráticos; siempre tutelados por la corporación militar, que no dudaría en ejecutar nuevos golpes de Estado.

# INVESTIGACIÓN DE LA MUERTE DEL SEÑOR HILARIO DÍAZ CANE

## Testigo 3

Siendo las 12 horas de despacho y oportunidad para oír las declaraciones de los testigos, se llamó a declarar al ciudadano Octavio Pérez Alarcón, de 75 años, oriundo de la Ciudad de Buenos Aires, a quien le fueron leídas las generales de la ley referentes a testigos y manifestó no tener impedimento legal alguno para declarar sobre el interrogatorio que le será formulado de viva voz por el promovente.

—¿Diga el testigo qué relación sostenía con el fallecido?

—Amigo y socio de la víctima, desde hace más de treinta años. Nos iniciamos juntos en el negocio de la información.

—Usted acaba de colocar al señor Díaz Cane en calidad de víctima. ¿Por qué razón?

—No es parte de mi trabajo demostrar que mi socio ha sido víctima, sin embargo tengo para mí, la idea fija:

murió a causa de la brutalidad de un conjunto de bárbaros que se creen con el derecho a interferir y alterar la vida de las personas. Eso fue lo que sucedió aquella noche. Una turba de facinerosos irrumpió en la reunión para buscar notoriedad y generar malestar en un ámbito familiar, con premisas retóricas y oscuras intenciones.

—¿Usted se refiere al grupo de empleados del portal de noticias que estaba entre los asistentes?

—Exactamente, esas personas no asistieron a una reunión social, ellos fueron con premisas sindicales para provocar y agredir a los presentes. Con mis propios ojos he visto la manera desvergonzada con la que actuaron, las miradas provocativas sobre la mujer de mi socio, la forma zoológica de moverse en la fiesta, con ese ímpetu que tienen cuando se juntan entre varios. No tengo dudas, son unos busca roñas.

—¿Qué quiere decir con "miradas provocativas"?

—Me refiero a la forma de mirar, primero insinuantemente, luego de manera desencajada en tiempo y espacio, sin tacto con el clima y el ambiente, levantando el tono de sus risotadas, bebiendo y observando libidinosamente.

—¿A qué atribuye ese comportamiento?

—Mire, en primer lugar, es la bronca de saber que algo o alguien les resulta inalcanzable, de esa miel no comen las hormigas. En segundo, se burlaban por la diferencia de edad, pura envidia. Son personas muy oscuras, que se creen con derecho a todo.

—¿A qué se refiere con "personas oscuras" y qué derechos se arrogan?

—Es largo de explicar, el tema viene desde hace décadas. Esta gente fue convencida de cosas que no tienen sustento en la realidad, se les ha metido en la cabeza que su trabajo tiene más valor que el capital que lo genera, que la vida es consumo y entonces cuelgan un aire acondicionado por habitación, tienen celulares de última generación, salen de vacaciones, se dan la gran vida. Después, si la empresa tiene una mala racha, hay que despedirlos e indemnizarlos. Ellos siempre ganan. Vea usted, en tiempos de "la chorra"; en la playa de estacionamiento del personal casi todos llegaban con un cero kilómetro. ¿Se da cuenta? Se han creído que son más importantes que el capital que les da de comer, y cuando les empieza a faltar algo se vuelven peligrosos.

»Pero no termina ahí, después, los que ponemos el capital tenemos que afrontar juicios laborales y el pago de impuestos para que el Estado financie la salud y la educación de estos infelices.

—¿Recuerda el momento del forcejeo entre Díaz Cane y los empleados del portal de noticias?

—Perfectamente. Estos animales comenzaron la provocación, entonces Hilario enfureció y se les fue al humo. Entre el tumulto pude observar la bronca con que lo agredieron, sobre todo un izquierdista llamado Daniel Romano. Ese fue el peor. Reaccionó con mucha falta de respeto, luego hubo un intercambio de golpes de puño y este personajillo tomó a Hilario del cuello. Entre el dueño de casa y algunos familiares pudimos despegarlos, estaba abotonado a Hilario como un perro alzado.

»Después de eso yo me dirigí al dormitorio para tranquilizar a las mujeres y pude escuchar los insultos de Romano, mientras pateaba la puerta del baño donde se hallaba mi socio.

# DEL CONVENTILLO AL CENTRO

María caminaba por la calle Florida, mientras su mente viajaba en el tormento del celibato, con 35 años estaba a punto de recibirse de solterona.

A los cinco años había llegado, con su padre viudo, al puerto de Buenos Aires. Pese a su corta edad algunas imágenes de la travesía permanecen en su memoria. Una gran bodega, con camas alineadas unas tras otras, como una tienda de campaña tambaleante. Allí conocieron amigos, fueron testigos de nacimientos, misas y entierros en el mar. Recuerda el barrial del puerto porteño, el casino de inmigrantes y el primer inquilinato. Mientras Vincenzo trabajaba, ella quedaba bajo el cuidado de una familia vecina del conventillo de la Boca.

Corría el año 1924, y a unos meses de su llegada se desencadenó la "masacre de Napalpí". El gobierno radical de Marcelo T. De Alvear transcurría sus días en la Casa Rosada, luego del primer mandato de Hipólito Yrigoyen. La herencia del radicalismo, de la que nunca se habla, estaba cimentada en décadas de explotación humana a manos del Imperio británico y las oligarquías locales, que controlaban territorios distribuidos en explotaciones económicas, siempre lucrativas y sustentadas por la esclavitud de las familias residentes. Los explotadores construían Estados paralelos según el área de negocios. Los salarios eran canjeados por un sistema de trueque pernicioso para los explotados, manejaban la institución policial y se beneficiaban de la ausencia territorial del poder judicial.

En la tarde del 19 de julio un avión sobrevoló el área donde estaban asentados los pueblos originarios qom y moqoit, lanzando desde el aire alimentos y caramelos. Cuando las comunidades se abalanzaron sobre los bienes escasos la policía y grupos paramilitares —organizados por estancieros regionales— comenzaron a reprimir a los rebeldes, que ya no aceptaban ser explotados en las plantaciones de algodón a cambio de ropa y vales que no podían ser canjeados por dinero.

El, por entonces, territorio nacional del Chaco se regó de sangre. Cuatrocientos veintitrés habitantes fueron asesinados. A los hombres se los mutiló o decapitó, para luego exhibir sus cadáveres como señal de escarmiento. Las mujeres fueron violadas sexualmente.

El 21 de julio el periódico "La voz" de Chaco publicó la noticia: "La tranquilidad ha renacido en la zona del levantamiento indígena. En el campamento de Aguará librose un reñido combate entre indios mocovíes y tobas. La indiada se ha dispersado completamente después de dejar sobre el terreno unos cincuenta muertos". La prensa y el Estado, junto con el poder judicial, decidieron ocultar la matanza, propio de una mentalidad colonial: elitista, racista y xenófoba.

Los primeros tiempos de la pequeña familia fueron muy difíciles. La Argentina, a partir de 1930, comenzó un proceso de sustitución de importaciones debido a la escasez de productos extranjeros, que generó el nacimiento de pequeñas fábricas junto a la llegada de grandes empresas norteamericanas que evitaban el costo aduanero, lo que modificaría para siempre el paisaje social del país. La caída de la producción agrícola —producto del lacerante tratado Roca-Runciman— desencadena el éxodo de miles de trabajadores a la ciudad, los salarios son bajísimos y los nuevos obreros se ven forzados a vivir en precarios asentamientos, sobre tierras inundables en los márgenes de la ciudad. La pobreza del interior se muda a Buenos Aires, a la vista de todos.

Los años treinta fueron descriptos magistralmente por un tango argentino-uruguayo compuesto por José María Aguilar Porrás, con letra de Enrique Cadícamo: "Al mundo le falta un tornillo".

Todo el mundo está en la estufa

Triste, amargao y sin garufa

Melancólico y cortado

Se acabaron los robustos

Si hasta yo, que daba gusto

¡cuatro kilos he bajado!

Hoy no hay guita ni de asalto

Y el puchero está tan alto

Que hay que usar el trampolín

Si habrá crisis, bronca y hambre

Que el que compra diez de fiambre

Hoy se morfa hasta el piolín

Hoy se vive de prepo

Y se duerme apurado
Y la chiva hasta a Cristo
Se la han afeitao
Hoy se lleva a empeñar
Al amigo más fiel
Nadie invita a morfar
Todo el mundo en el riel
Al mundo le falta un tornillo
Que venga un mecánico
Pa' ver si lo puede arreglar
¿Qué sucede?... ¡mama mía!
Se cayó la estantería
O San Pedro abrió el portón
La creación anda a las piñas
Y de pura arrebatiña
Apoliya sin colchón
El ladrón es hoy decente
A la fuerza se ha hecho gente
Ya no encuentra a quién robar
Y el honrao se ha vuelto chorro
Porque en su fiebre de ahorro
Él se "afana" por guardar
Hoy se vive de prepo
Y se duerme apurado
Y la barba hasta a Cristo

Se la han afeitao

Hoy se lleva a empeñar

Al amigo más fiel

Nadie invita a morfar

Todo el mundo en el riel

Al mundo le falta un tornillo

Que venga un mecánico

A ver si lo puede arreglar

Con la pacifica sublevación popular del 17 de octubre de 1945, las cosas comenzaron a mejorar, María fue aprendiendo el arte de la costura en la pequeña habitación del conventillo, gracias a una máquina de coser que recibió de la fundación Eva Perón. Vincenzo, luego de peregrinar por muchos empleos, fue retomando la antigua tradición familiar en la confección de prendas a medida.

María continua su recorrido a pie cuando a la altura de Corrientes y Florida observa que el extraño personaje, que se aloja en el departamentito de atrás del local, está parado frente al espejo de la peluquería, tocándose el mentón, como corroborando la calidad de la afeitada. Ve como se calza el sombrero y que descubre su mirada a través del reflejo, haciendo un gesto exagerado, abriendo sus ojos y dibujando un círculo con sus labios, en forma de trompa. María sonríe, mira al suelo avergonzada y antes de levantar la vista descubre que Anselmo está a la par.

—¿La puedo acompañar, bella signora?

—Hasta donde sé no está prohibido caminar.

—¡Sucede que un hombre feo como yo debe preguntar antes de iniciar la caminata, vio! ¡Con usted me siento como en la Bella y la Bestia!

—Qué interesante, hace poco leí en una revista que esa obra fue, en verdad, una crítica de época a los derechos de las mujeres, ocultos tras las capas de la orientación marital. A la Bella se le otorga el poder de elegir y la libertad de enamorarse de la Bestia, algo que no sucedía en el tiempo en que se escribió el texto.

—¡Yo dije que era feo, no aburrido!

—¡Hay que ver si usted estaba al tanto de la historia!

—Francamente no. ¡Así que María es feminista!

—No vaya a creer. Solo tengo algunas amigas en la rama femenina del peronismo. Ahora que la mujer comenzó a votar debemos estar mejor informadas.

—Por supuesto. Es todo un tema comenzar a votar.

Ambos continuaron la caminata hasta la sastrería de la calle Esmeralda. Anselmo había superado la mudez, ella descubría que aquel hombre extraño tenía sentimientos nobles.

Por aquellos años, con el empadronamiento, las mujeres recibían su libreta cívica, ya que hasta entonces su documentación se reducía al acta de nacimiento. La promulgación de la ley del voto femenino otorgó más equidad real en términos civiles y políticos, para 1952 de los treinta senadores nacionales 6 eran mujeres y las diputadas conformaban el 15% de la Cámara Baja.

Los derechos de igualdad que impactaron notablemente en la vida de las mujeres se vieron suspendidos con el golpe de Estado de 1955, no solo con la interrupción del voto y la elección de representantes; también se aplazaron la patria potestad compartida (1949) y la ley de divorcio (1954).

# RAÚL SCALABRINI ORTIZ

Almirón sonríe sin parar, el conductor esconde su mirada bajo los lentes de sol mientras el gran auto avanza por avenida Rivadavia. Romano está inquieto, siente una mezcla de ansiedad y terror, Raúl Scalabrini Ortiz lo espera en una casona ubicada en el barrio de Flores, tiene cuarenta minutos, como máximo, para aprovechar la charla y obtener el material suficiente como para confeccionar una entrevista razonable.

La casona es un predio que pertenece al ministerio, las paredes están tapizadas con bibliotecas repletas de libros, bajo la fachada de la casa se esconde un área de estudio con un gran salón de lectura.

Scalabrini no solo es poeta, escritor, periodista y agrimensor, tiene porte de boxeador, años atrás fue campeón de box amateur. De andar compadrito, su frente despejada se levanta sobre una mirada penetrante, acostumbrada a la observación. Tiene un aspecto pulcro y severo, ante cada pregunta se detiene un instante para pensar mientras mira el techo o se toma el mentón o ambas cosas a la vez, para luego lanzarse, con pasión racional, a la argumentación.

El maestro de Scalabrini fue Macedonio Fernández, filósofo, escritor y abogado. Macedonio, escribe Galasso:

"Era un tipo muy singular, vivía en pensiones, no trabajaba, se mudaba periódicamente cuando dejaba de pagar la pensión, en la que tenía siempre una guitarra. Un hombre que tenía mucho frío, aparece siempre con muchos pulóveres encima. Se compraba un bizcochuelo y se lo iba comiendo de a poco durante dos, tres o cuatro días, se mantenía así. Y recibía, fíjense a quiénes: a Leopoldo Marechal —año 1927,1928— , a Jorge Luis Borges, a Luis Alberto Sánchez, que era un Aprista Peruano que estaba exiliado en Argentina, que estaba en la línea de la mejor época de Haya de la Torre, del APRA; y a Natalicio González, un nacionalista paraguayo que llegó a ser presidente de ese país. Y conversaba con ellos mientras rasgaba la guitarra".

Hablando de Borges, hay que decir que Macedonio fue amigo de su padre y que el joven Jorge Luis admiraba profundamente al escritor. Macedonio Fernández aparece a lo largo de toda la obra de Borges, y más nítidamente en su guion de la película "Invasión" (1969), donde el personaje Don Porfirio emula a Macedonio.

Escribe Norberto Galasso que el "Borges viejo" dirá que Macedonio era un tipo extraordinario, pero, dice Borges: "Tenía cierta superstición por lo argentino. Pensaba que lo argentino era siempre lo mejor". Es decir, "daría la impresión —escribe Galasso— de que Macedonio era un tipo de un pensamiento nacional, o un sentimiento nacional, que lo lleva después a tener una gran admiración por Eva Perón".

Macedonio Fernández tenía ideas de izquierda, de joven había intentado llevar adelante una experiencia de sociedad anarquista en una isla. Era un proyecto con algunos amigos, entre los que se encontraba el padre de Borges, que no pudo asistir porque el inicio del plan coincidía con la fecha de su casamiento (1897). Otro de los participantes fue Julio Molina y Vedia, que sobre los restos de la experiencia escribe el libro *La nueva Argentina*, programa utópico que llama a crear "una nueva nación y una sociedad sin precedentes, alentando a los mejores hombres del país a tomar conciencia de sus poderes y crear una nueva vida humana".

Macedonio es escritor, escribe para vivir, pero no en términos materiales; para él, vivir significa escribir. Es un náufrago de la sociedad, vive en pequeñas pensiones de Buenos Aires, no tiene nada y no le falta nada. Escribe y no publica, y sigue escribiendo sin publicar. Un buen día, Scalabrini Ortiz y Leopoldo Marechal rescatan unos manuscritos de Macedonio, que recuperan de ese portafolio lleno de papeles que lo acompañaba a los saltos entre pensión y pensión. Así llega a la imprenta *No todo es vigilia la de los ojos abiertos*, una obra metafísica que permanece en la literatura argentina desde1928.

Jorge Luis Borges dice en el sepelio de Macedonio Fernández: "Los historiadores de la mística judía hablan de un tipo de maestro, el Zaddik, cuya doctrina de la Ley es menos importante que el hecho de que él mismo es la Ley. Algo de Zaddik hubo en Macedonio. Yo por aquellos años lo imité, hasta la transcripción, hasta el apasionado y devoto plagio. Yo sentía: Macedonio es la metafísica, es la literatura. Quienes lo precedieron pueden resplandecer en la historia, pero eran borradores de Macedonio, versiones imperfectas y previas. No imitar ese canon hubiera sido una negligencia increíble".

Scalabrini lo va a ver a Macedonio, y Macedonio le dice: "Quizás esa sea su vida".

Scalabrini más tarde escribe: "Sobre el consejo de Macedonio, «quizás esa sea su vida», pero esa vida presuponía despojar la vida de todo lo que burguesamente constituye la vida, una vida con un solo objetivo, en que todo lo demás está muerto. Y eso es casi una muerte, pensaba yo. Para vivir esa vida es preciso matar todo lo que es ajeno a esa misma vida. En una palabra, suicidarse. Eliminar todo lo que constituye para los hombres normales una manifestación de vida. La lucha de posiciones, la conquista del éxito, su mantenimiento, las pequeñas vanidades, la pequeña codicia, el pequeño engreimiento. Matar todo eso es como suicidarse. Y una noche, en el pequeño escritorio que yo tenía en la casa de mi madre donde había escrito "El hombre que está solo y espera", tomé la decisión y me suicidé. Me suicidé para mí mismo y quedé convertido en puro espíritu. Las demoníacas potencias del imperialismo británico serian inertes para mí. Ellas tienen validez solamente sobre lo temporal, pero no sobre el espíritu. Y yo era solo espíritu. Mis debilidades corporales habían sido abatidas para siempre. Ese es el secreto de mi constancia. Por eso, no hay derrota que pueda desalentarme. Y ahora voy tras esa idea".

Se ha dicho que hay dos Scalabrini Ortiz, uno es el novelista metafísico, muy parecido a Borges, y otro el que se dedica a escribir desde el compromiso político. Scalabrini ejecuta su propio suicidio para convertirse en figura del pensamiento nacional, baluarte de lo común y sentido de las luchas políticas. Toma la decisión y esa es su vida.

El viajero del tiempo, ese producto de Cervantes, lo espera posado sobre la mesa del salón de lectura. A Daniel

Romano primero le tiemblan las rodillas y luego la voz:

—Recuerdo que el historiador José María Rosa, lo compara a usted con el Don Quijote de Cervantes por haber dicho las verdades más tremendas. Dice: "Este muchacho de Corrientes y Esmeralda, que interpreta en sus conversaciones de café la manera de ser, sentir y ponerse ante la vida del hombre de Buenos Aires, hurgaba en los archivos de nuestra historia la explicación de por qué no éramos dueños de nuestros destinos y enseñaba en sótanos partidarios el modo de volver a adueñarnos de ellos, es algo tan nuestro, tan argentino, tan cotidianamente porteño, que causa extrañeza compararlo con Don Quijote de la Mancha. No es culpa de Scalabrini la progenie del caballero de la triste figura, ni falta de Cervantes la filiación del hombre que está solo y espera; y así como en una España que había dejado de ser de hierro y creía vivir en la Edad de Oro sólo propicia a pícaros y mendigos, se lanzaría contra ellos el ingenioso hidalgo a restaurar verdades antiguas y eternas; en una Argentina materialista y extranjerizada llegó Raúl a turbar la digestión de los mendigos de las migajas foráneas y los pícaros que engañaban con las mentiras de la historia falsificada".

—Aprendí haciendo agrimensura, para poder vivir, viajando por la provincia de Buenos Aires o Entre Ríos, viajando y alojándome en hoteles económicos para proteger mi presupuesto. Invariablemente, cuando uno se mete en esos hoteles, en la cama aparece una chinche. Pero hay dos tipos de chinche según mi experiencia. Está la chinche gorda, que es la que ya absorbió la sangre. Entonces la chinche está gorda, y si se la aprieta con las uñas estalla. Se la mata. En cambio, cuando la chinche todavía no ha absorbido sangre, es flaca, es muy difícil de matarla, porque uno trata de apretarla, y se escapa. Un día le dije a un representante del imperio que yo sigo la política de la chinche flaca.

—No sé si el representante sabía de chinches, pero seguro era un experto en chupasangres. Usted, con sus investigaciones, comienza a romper la hegemonía del discurso de la clase dominante. ¿Cuál fue el inicio?

—Era necesario una virginidad a toda costa. Era preciso mirar como si todo lo anterior a lo nuestro hubiera sido extirpado. La única probabilidad, lo venidero yacía bajo espesas capas, en el fondo de la más desesperante ingenuidad. Todo lo que nos rodea es falso e irreal. Falsa la historia que nos enseñaron, falsas las creencias económicas con que nos imbuyeron. Falsas las perspectivas mundiales que nos presentan. Falsas las disyuntivas políticas que nos ofrecen. Irreales las libertades que los textos aseguran.

—Jauretche dice que se hablaba de imperialismo en las universidades y en el partido radical, pero que el término era más bien difuso, una referencia a elementos extraños, dominantes, extorsivos, expoliadores; pero que era más bien abstracto. Y dice que Scalabrini nos llevó del antiimperialismo abstracto al antiimperialismo concreto.

—En el año 1931 la gran crisis nos afecta a todos. Se observa la tristeza en las caras, los bancos cierran, el fenómeno de la desocupación aparece en las primeras planas de los diarios, los docentes cobran con seis o siete meses de retraso. Vivimos en una atmósfera de angustia y derrota, y escucho decir a Homero Manzi: "Tengo que optar, ser hombre de letras o hacer letras para los hombres". Yo sabía perfectamente que se inclinaría por los hombres del suburbio, de Malena y del último organito.

»Esto hizo que me pregunte ¿qué es la Argentina, qué cosas hay en Argentina? Entonces, tomo un papel y empiezo a anotar. Hay ferrocarriles, le pongo al lado, pero son ingleses. Hay frigoríficos, son ingleses y norteamericanos. Hay una importante compañía telefónica, es inglesa y después va a ser norteamericana. Hay puertos, pero en general los tienen los ferrocarriles, si no están entregados en concesión a las grandes compañías exportadoras que son todas europeas. Hay usinas eléctricas en todo el interior, pero pertenecen a la "American Power Company", que era norteamericana. El país exporta, pero no exporta en barcos propios, no tiene barcos, con lo cual no puede defender el precio de sus exportaciones. Exporta en Blue Star Line, empresa que se lleva las carnes, con cámaras frigoríficas, que van a Londres y se venden a través de la cadena de Lord Vestey, una cadena de carnicerías que llevaba el producto a precios bajos a los trabajadores ingleses, con lo cual los empresarios ingleses no aumentaban los sueldos, porque a través del mecanismo de expoliación imperialista les estaban aumentando su salario real a través de la disminución de los precios del consumo, con las carnes, con el té de Ceylán, con el algodón de la India, con el tabaco.

—Entonces, ¿lo único que había de los argentinos era la bandera?

—Teníamos la bandera, el himno, pero carecíamos de soberanía. En realidad, no teníamos nada.

—Carlos Pellegrini ya lo había advertido en 1876: "Si

seguimos así vamos a ser una granja de la fábrica inglesa".

—Nosotros, cuando tratamos de hacer la historia lo más seriamente posible, nos encontramos con que no todo es descartable en los hombres de aquella época. Pellegrini era un claro defensor de la protección económica, que fue lo que hizo la grandeza de EE. UU., que crece después de la guerra de Secesión con tarifas aduaneras tremendas, que son las que permiten desarrollar la industria, y generar un capitalismo hacia adentro, expansivo, un gran mercado interno y de allí derivan a una posición imperialista.

—Corren los años treinta y usted decide participar de las conspiraciones radicales, ¿termina preso?

—Me meto en la conspiración del año 33. Paso a la clandestinidad y debo estar con un grupo en un parque, todos armados con la misión de tomar la comisaria cercana, tomar el correo, todo para controlar las comunicaciones. Mientras tanto esperábamos instrucciones del interior, especialmente del litoral, en Santo Tomé, en Rosario, en Paso de los Libres.

»Se produce la insurrección de Paso de Los Libres y es sofocada sangrientamente, desde los aviones se ametralla a los insurrectos y mueren, del grupo de Jauretche, 53 militantes yrigoyenistas.

»Por mi parte, soy detenido y llevado al Departamento de Policía. Allí un abogado me plantea la opción, como me encontraron armado conspirando tenía dos alternativas: la cárcel de Ushuaia o el destierro e irme a Europa. Decido por la segunda opción y mi novia me dice: "Acepto el destierro de los dos, pero hay que casarse". Así que llegué ante el juez con un gendarme, esposado, y cuando me preguntó el domicilio le dije: "Avenida Belgrano 1551", que es el Departamento de Policía.

—Otro historiador de fuste, Manuel Gálvez, dice sin rodeos que Perón pudo rescatar nuestros ferrocarriles de los ingleses gracias a usted.

—En un momento, del año 1942, Jauretche dice: "el país es forjista sin saberlo". Lo cierto es que nuestras ideas comenzaron a transitar. Distintas expresiones empezaron a repetirse, todas están contenidas en FORJA: "vendepatrias", "descamisados", "tercera posición".

»Los cuadernos de FORJA, a través de Homero Manzi, llegan a coroneles que viven en el mismo edificio que Perón. Y Perón se informa en Italia, donde está estudiando economía y eso hace después el grupo de oficiales unidos.

»FORJA va teniendo su influencia, pero no logra penetrar en la estructura radical, dirigida por Alvear. Producido el golpe de 1943, Jauretche y Manzi se reúnen con dos coroneles muy inteligentes: Enrique González y Juan Perón.

—El coronel González era del ala pronazi, que Perón vence al imponer la neutralidad hasta casi el fin de la Segunda Guerra.

—Manzi y Jauretche se inclinan hacia Perón, fundamentalmente para apuntalar su gestión a cargo de la Secretaría de Trabajo.

»Yo, por mi parte, desconfiaba bastante de todos. En definitiva, es el ejército que ha provocado el golpe que derrocó a Yrigoyen, antipopular, es el que sostuvo el fraude del año 32, el del año 38, el que ha permitido el pacto Roca-Runciman. No se puede esperar nada del ejército.

»Pero, más adelante, tengo la oportunidad de escuchar a Perón en la inauguración de la cátedra de Defensa Nacional en la Universidad de La Plata. Por aquí tengo un fragmento del discurso, deme un segundo. Dice: "Un país no es soberano si no tiene flota propia. Ni es soberano si no tiene servicios públicos propios. Ya en la primera guerra tuvimos y al terminarla se nos cayeron porque no supimos defenderlas. Ahora tenemos cierto desarrollo industrial a partir de hace unos años, pero es necesario, cuando termine la guerra, defenderla con protección aduanera, con créditos baratos, etc".

»Quedé muy impresionado, para bien. Cuando terminó la conferencia, recuerdo, que fuimos a una cena con un grupo de personas y mediante un muchacho de Forja le hice llegar a Perón un menú en el que escribí en la parte de atrás: "Queremos los trencitos" y estampé mi firma. Después Perón se acerca y charlamos un rato. Al irse me dice: "Lo vamos a hacer, tenga paciencia, pero lo vamos a hacer".

»Después tuve otra sorpresa. Para conseguir unos mangos me vi viajando al monte formoseño para intentar concretar un negocio maderero, que no llegó a buen puerto. Estaba yo, con mi amigo Héctor Rapela, en el medio de la nada, tomando una ginebra en una pulpería con piso de tierra. En eso entra un mataco a comprar provisiones y Rapela le dice:

—¿Y, cómo andando?

—Andando, indio andando. Patrón pagando, indio cobrando. Estando un coronel Perón, estando.

»Quedé maravillado. Fuera de cualquier ejercicio

intelectual, pude tantear la realidad efectiva de lo que implica una gestión. Política pura. Ahora tenían que pagar con dinero, no con vales emitidos por ellos, con los que únicamente se podía comprar en la proveeduría de ellos.

—¿Alguna vez pensó en ocupar un cargo público, con el fin de construir una realidad determinada?

—No, yo seguí con mi política de la chinche flaca. Haciendo agrimensuras, tratando de sobrevivir. Lo que sí, creamos una comisión pro-nacionalización de los ferrocarriles. Nos reunimos en distintas oportunidades con Perón, le indicábamos no hacer una empresa mixta, había que nacionalizarlos porque era una cuestión de soberanía. Fuimos invitados el día de la nacionalización, uno de los días más felices de mi vida.

—En la actualidad, entiéndase la del año 2024, ha surgido un tipo de revisionismo de derecha que falsea los registros históricos, califica banalmente a Yrigoyen y destaca la "Argentina potencia" del siglo XIX.

—La oligarquía impuso un orden de liberalidad para los poderes internacionales y un Estado totalmente tiránico para el criollo desamparado.

»Durante sesenta y tres años, de 1853 a 1916, la oligarquía gobernó el país sin más inconvenientes que el choque de ambiciones y de codicias de sus propios constituyentes. El gobierno cesante elegía al gobierno entrante. El pueblo no era nada más que un productor de riquezas para otros. El país progresó exactamente en la medida que le convenía al extranjero y a su mediador nacional.

»El extranjero se reservó el mando directo de las vías de comunicación y de transporte y cedió a la oligarquía la tenencia efectiva de la tierra. El hombre argentino fue un paria en su propia patria. La tragedia de Martín Fierro es la tragedia de todo el pueblo durante más de seis decenios.

»El dominio de la tierra se obtenía, no en la lucha mano a mano con los elementos, ni el combate con los infieles, sino en la tibia penumbra de las antesalas oficiales y en las amables tertulias de las mansiones señoriales de Buenos Aires. Estas normas para obtener la propiedad de la tierra fueron impuestas por el presidente Sarmiento, quien estableció que "el título de propiedad debe substituir a la simple ocupación". ¿Qué otra cosa que ocupar simplemente la tierra en que había nacido podía hacer aquel criollo desmunido de letras y tutores? El título de propiedad, al que un código civil especialmente redactado para darle privilegios no impuso condición alguna de beneficio público, fue el equivalente del señor de horca y de cuchillo de los tiempos medioevales. El título de propiedad limpió de la tierra a los criollos con la misma técnica despiadada con que fue extirpado el aborigen.

»Durante sesenta años la industria y hasta la más sencilla manufactura estuvo abolida, porque afectaba las relaciones comerciales internacionales que los capitalistas extranjeros imponían a la oligarquía. La tierra fue monopolizada en grandes extensiones por unos pocos. ¿Qué términos de libertad quedaban para uso del hombre del pueblo? La oligarquía impuso un orden legal y un orden jurídico de estructuras extraordinariamente liberales para el poderoso y extraordinariamente tiránico para el desmunido de riquezas. Todo fue codificado para utilidad de los que habían obtenido concesiones fiscales: concesiones de tierra, concesiones de servicios públicos. El hombre aislado, el simple hombre sin títulos desapareció del derecho: fue un bien mostrenco del que se apropiara cualquiera que fuese capaz de mantenerlo con un salario.

»Sobre ese orden ya estatuido nada legal podía argüirse a favor del país. Todo estaba sometido y disciplinado en una servidumbre perfectamente jerarquizada. Aquel régimen debía ser destruido para que el país pudiese reestructurarse sobre normas que trazaran nuevos cauces a la actividad.

»Ser un reivindicador de los derechos populares, ser respetuoso de la voluntad del pueblo, equivalía a revolucionar el orden del régimen. Quien aceptara para sí la representación legítima del pueblo no podía dejar de ser revolucionario en el más completo sentido de las palabras. E Yrigoyen fue un revolucionario integral. Lo fue por sus ideas, por sus sentimientos, por su conducta y hasta por su técnica de gobernante. Quizá ni un solo día dejó de conspirar. Fue uno de los directores de la revolución de 1890 y el promotor y el conductor de las revoluciones de 1893 y de 1905.

»La oligarquía lanzó contra él todo el bagaje de su artillería política. Lo rodeó de un elástico pero insalvable cinturón de espionaje y delación. El periodismo lo acosó con sus más acerados dardos de sátira, lo motejó y trató de enlodarlo con burdas calumnias. Pero la intuición del pueblo lo seguía con certero instinto, y la popularidad de Yrigoyen crecía en la misma medida en que se trataba de desprestigiarlo, como si entre el pueblo y su posible conductor se hubieran establecido lazos invisibles de comunicación y entendimiento.

»Yrigoyen asumió el poder, no por un acto revolucionario, sino por el acto enteramente legal de una elección sin fraude, por la primera elección legal que ocurrió en el país después de sesenta y tres años de continuo fraude, porque las leyes oligárquicas que eran terriblemente draconianas para castigar los agravios a la propiedad eran venales hasta la inexistencia para castigar los agravios a los derechos del pueblo.

»Es un misterio para muchos el descubrimiento de la razón que obligó a la oligarquía a respetar el veredicto popular y a permitir, por lo tanto, que su más enconado enemigo asumiera el poder público. No es difícil suponer que Yrigoyen conjugara a su favor la circunstancia de estar Gran Bretaña en guerra y temer que una convulsión interna argentina perturbase la regularidad de los abastecimientos.

»Presupongo la posibilidad de esta combinación como un elogio más a la capacidad de realización de Yrigoyen y como un motivo más de agradecimiento. La realización política exige una posición mental distinta de la simple enunciación con que se satisface el literato. En nuestros mismos orígenes tenemos un ejemplo claro de esta proposición. Mariano Moreno, el puntal de donde arranca la línea histórica de los derechos populares, el numen tutelar de la revolución, en un alegato de extensa difusión elogia el libre cambio sin tasa y sin impedimentos fiscales. Con esas ideas en su *Representación de los Hacendados*, se atrae la simpatía y la ayuda engolosinada de Gran Bretaña, única potencia que podía contrabalancear los enormes poderes de la España imperial. Pero el secretario de la Junta, ya frente al hecho cumplido de la revolución y a la responsabilidad de conducir los nuevos destinos nacionales, cambia fundamentalmente su modo de pensar y con una clarividencia que asombra, plantea la necesidad de amparar la economía lugareña defendiéndola de los peligros del libre cambio sin tasa. No podemos afirmar que por eso duerma su sueño último entre las olas del mar.

—Poco antes de asumir el mandato, Yrigoyen recibió la visita del embajador británico, quien con suaves maneras le informó ser una costumbre de los presidentes argentinos consultar previamente con el gobierno de su graciosa majestad el nombre de los futuros ministros. "Esa es una costumbre que el señor embajador debe acostumbrarse a dar por terminada", contestó Yrigoyen.

—Tengo constancias directas de ese diálogo. Con esas palabras se inició una nueva era en las relaciones diplomáticas.

—Más tarde viene el golpe del 30, la muerte de Yrigoyen y la "década infame", que se extiende hasta la irrupción del 17 de octubre de 1945. Casualmente, Perón es otra víctima del revisionismo de la ultraderecha del siglo XXI.

—Desaparecido Yrigoyen, poco tardó la impudicia oligárquica y la voracidad del capital extranjero en reconstruir la malla de su tutelaje y de su expoliación. Fueron años de extenso sufrir para los patriotas, en que las entregas y las renuncias se sucedían con mayor velocidad que el transcurso de los años. Para consolidar sus posiciones, la oligarquía cedió al extranjero el manejo de la moneda argentina y del crédito local, perfeccionó el monopolio extranjero de los transportes, prorrogó las concesiones eléctricas hasta el siglo venidero, multiplicó las deudas públicas en conversiones de alto margen de utilidad y distribuyó los dineros públicos entre los oligarcas endeudados. Las leyes de protección al obrero fueron anuladas en la práctica por las interpretaciones de una justicia que jamás se ocupó de otra cosa que de defender y amparar los fueros del capitalismo, como lo demuestra el historial mismo de los fallos de la Suprema Corte.

»Fue una larga etapa de humillaciones que contó con la complicidad culpable del radicalismo, ocupado por los elementos oligárquicos del llamado Comité Nacional, el primero de los cuales se llamó Marcelo T. de Alvear. Él fue quien paralizó con falaces perspectivas todas las reacciones defensivas del pueblo y torció, desvió o postergó los generosos impulsos del ejército espiritualmente sublevado por la indignación patriótica. He sido actor directo y conozco y alguna vez relataré, para enseñanza de los que vengan, los ardides de que se valieron los oligarcas del Comité Nacional para impedir el estallido de la rebelión nacional.

»Ya todo parecía perdido y aniquilado, cuando aquel 4 de junio de 1943 abrió un horizonte en aquella oscura selva de traiciones y de intereses combinados. Fue aquel un hecho sorpresivo y sin antecedentes públicos y por eso el país lo miró con reserva y quizá con desconfianza. Temía que se hubiera tramado una nueva trampa oligárquica. Los hombres siguen a los hombres, no a las ideas. Las ideas sin encarnación corporal humana son entelequias que pueden disciplinar a los filósofos, pero no a los pueblos. Y aquella revolución del 4 de junio estaba huérfana de conductor visible, hasta que el coronel Perón con una audacia rayana en la temeridad, inició al mismo tiempo que su obra de justicia social la formación de su personalidad, y entonces la oligarquía social y financiera, hasta ese momento relativamente tranquila por la inclusión de algunos de sus miembros en el gabinete militar, comenzó a alarmarse y a conspirar.

»Es increíble y hasta admirable el poder de persuasión y de ejecución de nuestra oligarquía. En el mes de octubre de 1945, el coronel Perón fue destituido y encarcelado. El país azorado se enteraba de que el asesor de la formación del nuevo gabinete era el doctor Federico Pinedo, personaje a quien no puede calificarse sino con la ignominia de su propio nombre. El Ministerio de Obras Públicas había sido ofrecido al ingeniero Atanasio Iturbe, director de los Ferrocarriles británicos, que optó por esconderse detrás de su personero. El Ministerio de Hacienda sería ocupado por el doctor Alberto Hueyo, gestor del Banco Central y presidente de la CADE, entidad financiera que tiene una capacidad de corrupción de muchos millones de kilovatios.

»La oligarquía vitalizada reflorecía en todos los resquicios de la vida argentina. Los judas disfrazados de caballeros asomaban sus fisonomías blanduzcas de hongos de antesala y extendían sus manos pringadas de avaricia y de falsía. Todo parecía perdido y terminado. Los hombres adictos al coronel Perón estaban presos o fugitivos. El pueblo permanecía quieto en una resignación sin brío, muy semejante a una agonía.

»Con la resonancia de un anatema sacudía mi memoria el recuerdo de las frases con que hace muchos años nos estigmatizó el escritor Kasimir Edschmidt. "Nada es durable en este continente", había escrito. "Cuando tienen dictaduras, quieren democracias. Cuando tienen democracias, buscan dictaduras. Los pueblos trabajan para imponerse un orden, articularse, organizarse y configurarse, pero, en definitiva, vuelven a combatir. No pueden soportar a nadie sobre ellos. Si hubieran tenido un

Cristo o un Napoleón, lo hubieran aniquilado".

»Pasaban los días y la inacción aletargada y sin sobresaltos parecía justificar a los escépticos de siempre. El desaliento, húmedo y rastrero caía sobre nosotros como un ahogo de pesadilla: los incrédulos se jactaban de su acierto. Ellos habían dicho que la política de apoyo al humilde estaba destinada al fracaso, porque nuestro pueblo era de suyo cicatero, desagradecido y rutinario. La inconmovible confianza en las fuerzas espirituales del pueblo de mi tierra que me había sostenido en todo el transcurso de mi vida se disgregaba ante el rudo empellón de la realidad.

»Pensaba con honda tristeza en esas cosas en esa tarde del 17 de octubre de 1945. El sol caía a plomo cuando las primeras columnas de obreros comenzaron a llegar. Venían con su traje de fajina, porque acudían directamente de sus fábricas y talleres. No era esa muchedumbre un poco envarada que los domingos invade los parques de diversiones con hábito de burgués barato. Frente mis ojos desfilaban rostros, brazos membrudos, torsos fornidos, con las greñas al aire y las vestiduras escasas cubiertas de pringues, de restos de breas, grasas y aceites. Llegaban cantando y vociferando, unidos en la impetración de un solo nombre: Perón. Era la muchedumbre más heteróclita que la imaginación puede concebir. Los rastros de sus orígenes se traslucían en sus fisonomías. El descendiente de meridionales europeos iba junto al rubio de trazos nórdicos y al trigueño de pelo duro en que la sangre de un indio lejano sobrevivía aún. El río cuando crece bajo el empuje del sudeste disgrega su enorme masa de agua en finos hilos fluidos, que van cubriendo los bajíos y cilancos con meandros improvisados sobre la arena en una acción tan minúscula que es ridícula y desdeñable para el no avezado que ignora que ese es el anticipo de la inundación. Así avanzaban por la avenida de Mayo, por Balcarce, por la Diagonal.

»Un pujante palpitar sacudía la entraña de la ciudad. Un hálito áspero crecía en densas vaharadas, mientras las multitudes continuaban llegando. Venían de las usinas de Puerto Nuevo, de los talleres de Chacarita y Villa Crespo, de las manufacturas de San Martín y Vicente López, de las fundiciones y acerías del Riachuelo, de las hilanderías de Barracas. Brotaban de los pantanos de Gerli y Avellaneda o descendían de las Lomas de Zamora. Hermanados en el mismo grito y en la misma fe iban el peón de campo de Cañuelas y el tornero de precisión, el fundidor, mecánico de automóviles, la hilandera y el peón. Era el subsuelo de la patria sublevado. Era el cimiento básico de la nación que asomaba, como asoman las épocas pretéritas de la tierra en la conmoción del terremoto. Era el substracto de nuestra idiosincrasia y de nuestras posibilidades colectivas allí presente en su primordialidad sin recatos y sin disimulos. Era el de nadie y el sin nada en una multiplicidad casi infinita de gamas y matices humanos, aglutinados por el mismo estremecimiento y el mismo impulso, sostenidos por una misma verdad que una sola palabra traducía: Perón.

—¿Se podría decir que entre flujos y reflujos del proyecto nacional se constituía una continuidad del Yrigoyenismo?

—Aquellas muchedumbres que salvaron a Perón del cautiverio y que al día siguiente paralizaron el país en su homenaje, eran las mismas multitudes que asistieron recogidas por el dolor al entierro de Hipólito Yrigoyen, las mismas que lo acogieron con el alborozo de un mesías aquel memorable 12 de octubre de 1916 en que el pueblo argentino comenzó a reconocerse a sí mismo. Son las mismas multitudes argentinas armadas de un poderoso instinto de orientación política e histórica que desde 1810 obran inspiradas por los más nobles ideales cuando confían en el conductor que las guía.

La entrevista llega a su fin con la intervención de Almirón, quien le recuerda a Raúl que el viaje programado inicia en media hora.

Romano y Scalabrini se despiden satisfechos. El viajero seguirá transitando por los tiempos de la patria desarticulando, minuciosamente, las marañas de las élites.

# INVESTIGACIÓN DE LA MUERTE DEL SEÑOR HILARIO DÍAZ CANE

## Testigo 4

Siendo las 11 horas de despacho y oportunidad para oír las declaraciones de los testigos, se llamó a declarar al ciudadano Daniel Romano, de 36 años, oriundo de la Ciudad de Buenos Aires, a quien le fueron leídas las generales de la ley referentes a testigos y manifestó no tener impedimento legal alguno para declarar sobre el interrogatorio que le será formulado de viva voz por el promovente.

—¿Diga el testigo cuál era su relación con el señor Díaz Cane?

—Ninguna en absoluto. Nunca tuve vínculo con Díaz Cane, él figuraba en las actas de la empresa que me emplea desde hace 6 años para cumplir labores periodísticas en el portal de noticias.

—Usted dice que no tenía un vínculo con el empresario, pero infiero que al saber de su labor al frente de la empresa conocía sobre su existencia.

—Sí, definitivamente. Sabía quién era, si a eso se refiere. También, como es lógico, conocía su línea editorial a través de sus gerentes, como sus manejos y desmanejos empresariales.

—¿Cómo definiría el clima laboral del portal de noticias?

—Bueno, es una pregunta bastante amplia. En primer lugar, el clima se mantiene agradable por los equipos de aire acondicionado frío/calor, según las estaciones del año.

—Le recuerdo que usted se encuentra bajo juramento y que aquí se está investigando un homicidio. Cuando digo clima laboral, usted sabe muy bien a qué me refiero.

—Solo trataba de ser lo más preciso posible en mi respuesta. El clima laboral implica, también, la relación entre compañeros. Quiero decir que es amistosa y respetuosa. Al mismo tiempo, no quiero dejar de mencionar ciertas prácticas empresariales, que en el último tiempo han tensionado la relación con los trabajadores.

»Despidos, recarga de tareas, ampliación del horario laboral sin goce de sueldo y algunas situaciones que se pueden considerar de mal gusto, como quitar una sección de género y ubicar a la misma periodista a cargo de una nueva sobre un tema relacionado con recetas de cocina. Pero calculo que usted no atiende reclamos laborales, es por lo que no me queda claro a qué se refiere con "clima laboral".

—¿Usted originó la pelea con el señor Díaz Cane, lo provocó de alguna manera?

—Para nada, yo respondí a la agresión física y verbal de Díaz Cane. Fue un impulso del momento, instintivo diría.

»Creo que el señor Cane se ofendía con mi sola presencia, por eso su ataque. En realidad, resulta obvio, por las cosas que decía, que sentía un profundo rechazo por mi forma de pensar.

»En el momento en que comenzamos a cantar el feliz cumpleaños se me vino encima, propinando una catarata de insultos, desde "zurdo de mierda" hasta "marxista muerto de hambre".

—¿Cuál fue su reacción?

—Confieso que me enfureció, respondí a los insultos y a los golpes de puño, que intentó conectarme, con un cachetazo, con la mano abierta, para que lo sienta y para que escarmiente. Me agarró del pelo, como hacen las mujeres, y yo lo tomé del cuello para despegarme. Díaz Cane era un hombre alto y fornido y no me hacía ninguna gracia quedar dominado por su forcejeo. Luego pudieron sacármelo de encima y le tiré un golpe de puño que le rozó el mentón.

—¿Usted lo persiguió hasta el baño para volver a golpearlo?

—No, solamente para increparlo y hacerle saber que es uno más, como cualquiera. Ese hombre se sentía con derecho a todo y no respetaba a nadie.

—¿Qué sintió cuando se enteró del deceso?

—Bueno, esa pregunta es muy parecida a la anterior, sobre el clima laboral. Ahora que lo pienso debo decir que no me puso feliz, pero tampoco me entristeció. Simplemente no sentí nada.

—Algunas personas, que estaban presentes, aseguran que Díaz Cane perdió los estribos por ciertas provocaciones que usted propinó sobre su pareja.

—Eso es falso. Nunca conocí a su pareja, no sé quién es. Por otro lado, le aseguro que no es mi estilo, el de provocar. No sé cómo se hace. Si me apura, ya mismo le digo que están tratando de guionar el altercado con la intención de ocultar la reacción violenta y clasista de Díaz Cane.

—¿Otras personas tomaron partido en el altercado?

—No puedo precisarlo, todo fue sorpresivo y confuso.

—La idea de cantar el "Feliz cumpleaños" al ritmo de la marcha peronista y luego directamente la marcha, ¿fue un plan para provocar a los empresarios presentes?

—No creo eso, yo lo viví como una ocurrencia irónica para festejar y fijar nuestra calidad de trabajadores. Ninguno de nosotros imaginó jamás una reacción semejante.

—Usted dice que se busca establecer un relato para ocultar la reacción de la víctima. ¿Cómo se entiende?

—En el contenido de su pregunta subyace la respuesta. Usted, el expediente, la justicia, los medios y la policía ubican al empresario en calidad de víctima y a los trabajadores como sospechosos de homicidio, todo porque la cólera del primero desencadenó en un infarto masivo. ¡Pobre víctima, el momento que ha tenido que atravesar mientras insultaba, denigraba y ofendía a los presentes! ¡Pobre santo, víctima de un festejo de cumpleaños repleto de peronistas! Era un hombre de bien acosado por bárbaros.

»Si la cosa hubiese sido al revés dirían que un trabajador

violento y resentido falleció ahogado en su propio odio luego de agredir a un empresario. En cualquier caso, la víctima seguiría siendo el empresario, y a diferencia de ahora la justicia no hubiese iniciado un expediente por homicidio, como dije, el bárbaro murió ahogado en su resentimiento de clase.

# ARTURO JAURETCHE

Después del desayuno junto a María comencé a sentir mayor comodidad con Anselmo, este personaje que interpreto diariamente sin dejar de ser yo mismo. En algún punto, el disfraz me desinhibe y pienso que a esta cara se le podría agregar un bigote. Ella comenzó a reír cuando se lo comenté, y murió de risa al momento en que improvisé un bigote de mermelada y me puse a imitar al canciller Dante Caputo, simulando que hablaba en francés, tratando de explicar el pánico que me causa viajar en avión. Creo que pensó que mi actuación se relacionaba con un funcionario de algún lejano país, de ser así, no estaba muy equivocada.

Por las noches salgo a caminar por la ciudad, disfruto escuchar los murmullos con tonalidades que ya se perdieron, y que antes eran tan comunes, mezcla entre vocablos del lunfardo con acentos italianos y españoles.

Las caminatas nocturnas me ayudan a pensar. Ayer quedé conmovido con Scalabrini, es imposible no advertir el tamaño de su nacionalidad y el compromiso con su pueblo. En unos años Scalabrini Ortiz transitará por una corta y penosa enfermedad que pondrá fin a su vida. La muerte lo encontrara entre sus libros. En medio de la agonía, él había pedido a su familia que ubiquen su cama en la biblioteca. Tal vez pensando en absorber algo de eternidad junto a su obra. Tal vez para observar silenciosa y serenamente el fruto de su vida. Quizás, como testimonio simbólico, el de un sobreviviente eterno que revivirá una y mil veces contra las chinches gordas que habitan estas pampas. Seguramente nada de esto y probablemente todo, nada porque su personalidad e inteligencia de ningún modo lo hubiesen hecho transitar por mis conjeturas, y todo porque los simples mortales necesitamos de su recuerdo para seguir proyectando una lucha, al menos una lucha digna, para construir un país soberano, industrial y solidario.

Caminaba y pensaba en Scalabrini, en Jauretche, en Abelardo Ramos. Pensaba que las entrevistas, afortunadamente, dependían más de ellos que de mí, porque uno pregunta y en cada pregunta habita una curiosidad, un pedido de esclarecimiento. Preguntar es un acontecimiento sabio de la ignorancia. En verdad, el entrevistador es una tercera persona que ejecuta la intermediación entre el entrevistado y el lector. Esa convicción de ser apenas un articulador me da la tranquilidad para sentarme frente a semejantes personalidades del pensamiento nacional.

Guillermo me pasa a buscar por la sastrería, María me despide tentada de risa. Si las mujeres supiesen, si es que no lo saben, cómo nos seducen sus risas. No hablo de la sonrisa, hablo de la risa, y no de la risa coloquial que se presenta a modo de lenguaje, intercalada como forma de dialógo. Me refiero a la risa que brota, que estalla e interrumpe las palabras, de tal manera que deja deslizar una comunicación única, intima, cómplice y feliz. Creo, me parece, que se está enamorando de este Anselmo con voz de Romano y cara de Dante Caputo pasado de cocción. No la culpo, creo que yo también.

Viajamos en el auto del ministerio hasta la casona de Flores. Hoy me toca entrevistar a Don Arturo Jauretche. Le pedí a Guillermo que me otorgue un momento para prepararme antes de la entrevista y poder aclimatarme. Observo a Don Arturo desde el vidrio, que en el salón se presenta como espejo, y que es el lugar desde donde monitorean nuestros encuentros. Está en mangas de camisa, un fino moño de cinta le cuelga desde el cuello y su pesada cabeza es sostenida por un cuerpo robusto. Torres de libros y papeles rodean a Jauretche mientras lee en la gran mesa. Las tupidas cejas custodian el movimiento de su mirada al compás de la lectura y cada tanto se moja un dedo con la lengua para pasar de hoja y volver a la posición de lector poseído.

Don Arturo es un hombre poco común. Su mirada es serena, pero cuando comienza a hilvanar ideas y conceptos la serenidad se convierte en pasión. Al escuchar tiene aspecto de hombre sabio y al expresarse aparece el profeta con modos gauchescos, cálido, rebosante de franqueza, envuelto en un temperamento apasionado.

Al fin, frente a frente decido romper el hielo y le expreso, honestamente, mi admiración:

—¡Qué gusto don Arturo!, no todos los días uno se encuentra con una celebridad.

Jauretche se incomoda con el halago, no le gustan los halagos, se le nota en el rostro cuando arquea las cejas y en su voz de trueno junto al movimiento de sus manos.

—¿Celebridad? Déjese de embromar, yo soy de carne y

hueso, mi amigo. Toque, toque —repetía mientras se golpeaba la muñeca izquierda con la mano derecha, como invitándome a un experimento para zonzos.

Salí del atolladero con un apretón de manos:

—¡Ahora compruebo que es cierto!

—¡Vio! ¿No le decía?

Jauretche es volátil, pensé. Sabio, manso, pero revirado al mismo tiempo.

—Como sabe, vengo de un tiempo donde aparece en el país una suerte de revisionismo de derecha que califica satisfactoriamente al siglo XIX y lo identifica con el término "Argentina potencia", tal cual lo hacía la oligarquía vernácula.

—La inmigración vino a satisfacer las exigencias del complejo de inferioridad racial que padeció aquella generación de hispano-americanos avergonzados de su origen y que se liberaban del mismo calificando al resto de connacionales como víctimas de taras congénitas que los hacían inadecuados para la civilización; la promovieron, a pesar de sus reticencias en cuanto a los meridionales de Europa, porque su brazo y su técnica les eran imprescindibles para ese progreso soñado, y en función de ese progreso previeron un crecimiento de población por la continuidad de la ola inmigratoria y el crecimiento vegetativo de los hijos del país nuevo. Así el "progreso indefinido" tenía una meta muy distante que acuñó una frase de ritual conmemorativo: "El día en que cien millones de argentinos irán ante el trono del Altísimo, conducidos por la azul y blanca".

»Ni vieron el límite del espacio geográfico apto para la economía que fundaban, ni vieron el límite de la población que cabía en ese espacio y con esa economía; jugaron la suerte definitiva del país a un destino de país chico creyendo que jugaban a la grandeza: creyendo que jugaban a la lotería jugaban a la quiniela; buscando el premio mayor jugaban a las dos cifras.

»Cuando el país llegó a la décima parte de la población prevista y fue ocupado totalmente el espacio geográfico destinado a la carne y al cereal, el "progreso indefinido", en el orden agropecuario, se detuvo. En adelante todo progreso significaría una competencia, un factor de perturbación en la estrategia económica prevista para la Argentina y, por consecuencia, todo el aparato de dirección económica que ellos habían dejado en manos del extranjero, por su incapacidad para realizarse como burguesía, se convertiría en el instrumento del antiprogreso.

»Con esto creo que queda bien evidenciada la naturaleza real de un debate frecuente en el cual los partidarios del retorno al pasado invocan como su gran argumento el progresismo de aquellas generaciones para oponerlo al progresismo de las nuevas, sin comprender que aquel progresismo apresurado, como economía dependiente, fue el plato de lentejas por el que los primogénitos vendieron las posibilidades de una economía nacional integrada, que fatalmente reclamaría sus derechos una vez cubiertas las precarias posibilidades de aquel progresismo.

—Es decir, se configuró una nación chica, con mucha ganancia para pocos. Tal vez eso es lo que plantean en la actualidad del 2024, un país para un puñado de familias. ¿Será esa la Argentina potencia?

—Oigámoslo a Mitre en la oración pronunciada

saludando a los soldados que venían de desangrarse en los esteros paraguayos: "Cuando nuestros guerreros vuelvan de su larga y victoriosa campaña a recibir la larga y merecida ovación que el pueblo les consagre, podrá el comercio ver inscriptos en sus banderas los grandes principios que los apóstoles del libre cambio han postulado para mayor felicidad de los hombres".

»Y véase ahora esto de Sarmiento que ajusta perfectamente al alcance de esa libertad de comercio y el límite fijado por sus apóstoles: "La grandeza del Estado está en la pampa pastora, en las producciones del Norte y en el gran sistema de los ríos navegables cuya aorta es el Plata. Por otra parte, los españoles no somos ni industriales ni navegantes y la Europa nos proveerá por largos siglos de sus artefactos a cambio de nuestras materias primas". Así dirá Billinghurst: "Llegaremos a exportar manufacturas dentro de mil años", y Vélez Sársfield, autor del Código Civil, codificará en una frase la política de una clase como inseparable del destino argentino: "Es imposible proteger a los industriales, que son los pocos, sin dañar a los ganaderos, que son los más". Esa fue la mentalidad de los "visionarios" que solo alcanzaron a verse la punta de la nariz; esa la gente que bajé con las Tablas de la Ley del Sinaí del 53.

»Así se crearon las condiciones del capitalismo, pero se impidió el surgimiento de un capitalismo nacional al ponerlo en indefensión frente a la economía imperial. Así también, a medida que el progreso de la economía dependiente consolidaba el poder de los intereses extranjeros en el país y ligaban a ellos los beneficiarios de la economía puramente abastecedora, se hacía más difícil la aparición de una economía capitalista propia.

A mayor prosperidad de la economía exclusivamente agropecuaria, mayor dificultad para fundar una economía nacional integrada. Así quedaron excluidas las posibilidades del desarrollo de una política liberal nacional por la rápida expansión de una política liberal internacional.

—Parece que desde siempre la puja está dada por la tensión entre ser un país industrial y soberano o uno sometido a las élites locales y sus socios extranjeros. Un país que concentre riqueza en pocas manos o distribuya armónica y solidariamente. Al menos eso parece desde Caseros para acá.

—¿Pudo, a nivel histórico 1853, planearse una política económica nacional? ¿Existía la posibilidad de surgimiento de una burguesía nacional que cumpliera ese papel? Existía. Y Juan Manuel de Rosas había sido su máxima expresión. Lo que hay que saber es si Rosas no fue combatido por eso mismo y si el propósito de los vencedores no fue precisamente aniquilar toda posibilidad de economía integrada, que él acababa de demostrar. Vencido políticamente, quedaba su camino económico para recorrer.

»Rosas es uno de los pocos hombres de la alta clase que no desciende de los Pizarros de la vara de medir que en el contrabando y en el comercio exterior fundaron su abolengo. Por eso no tuvo inconveniente en ser burgués. Fundó la estancia moderna y después fundó el saladero para industrializar su producción, y fundó paralelamente el saladero de pescado para satisfacer la demanda del mercado interno. Y defendió los ríos interiores y promovió el desarrollo náutico para que la burguesía argentina transportara su producción; integró la economía del ganadero con la industrialización y la comercialización del producto y le dio a Buenos Aires la oportunidad de crear una burguesía a su manera. Pero además, con la Ley de Aduanas, de 1835, intentó realizar el mismo proceso que realizaba los Estados Unidos; frenó la importación y colocó al artesanado nacional del litoral y del interior en condiciones de afirmarse frente a la competencia extranjera de la importación, abriéndole las posibilidades que la incorporación de la técnica hubiera representado, con la existencia de un Estado defensor y promovedor, para pasar del artesanado a la industria.

»Pequeño intento, se dirá, pero para muestra basta un botón. Un botón construido mientras los unitarios, en insurrección permanente, obligaban a la guerra constante, y los grandes Imperios de la hora, Francia e Inglaterra y el vecino Brasil, agredían las fronteras argentinas, atacaban la navegación, bloqueaban los puertos, cañoneaban las fortificaciones y desembarcaban sobre nuestro territorio con la complicidad de sus aliados internos.

»Ni los pálidos exiliados de Montevideo que echaron sebo después de Caseros, ni los generales uruguayos brasileristas traídos por Mitre para la guerra de exterminio de la población nativa, ni los pobretones doctores de la Constituyente, podían haber constituido una burguesía. Pero estaba vivita y coleando esa burguesía federal que se le había dado vuelta a Rosas después de la derrota o en sus vísperas, con la parentela del "tirano" a la cabeza, y ese mismo Dr. Vélez Sarsfield, que venía directamente de los salones de Manuelita. Ellos pudieron pesar para que, aceptando la estructura liberal que se plagiaba de los Estados Unidos, se condicionase esta al interés nacional como los mismos Estados Unidos habían hecho, asumiendo ellos mismos el papel económico que el "dictador" había representado y sostenido.

»Pero aquellos doctores habían adquirido ya el hábito de actuar como agentes internacionales, y lo siguieron haciendo desde sus bufetes donde fundaron la dinastía de los abogados de empresas y maestros del derecho y la economía conveniente a la política antinacional. Los burgueses de Buenos Aires prefirieron disminuir los recursos de la Aduana —que a Rosas le habían servido para establecer el orden nacional— para facilitar el orden de la dependencia y excluyeron la protección económica que significaba la posibilidad de integrar una economía.

»Desde Pavón se aplicó la política del país chico. Ahora los recursos aduaneros, que se limitaban y habían servido para pelear contra lo extranjero, serían útiles para aniquilar al interior; y la protección, que había sido la defensa económica de este, desaparecía para abrir camino al importador. Ahora el interior no es más que un desgraciado remanente del país hispanoamericano, solo tolerable en la medida que no estorbe la adaptación de las pampas al destino que le tenía reservado la división internacional del trabajo. Es lo que le permitiría decir a Sarmiento: "Pudimos en tres años introducir cien mil pobladores y ahogar en los pliegues de la industria a la chusma criolla inepta, incivil, ruda, que nos sale al paso a cada instante".

—Créame que su respuesta es toda una lección para mis contemporáneos. Se va entendiendo la manifiesta y orquestada animadversión contra Yrigoyen y Perón, que contiene el mismo nivel de virulencia que usaron contra

Rosas. Lo que, de alguna manera, me hace pensar en cierta identidad común en el proyecto de país impulsado por los golpes de Estado y los gobiernos democráticos neoliberales de Menem, De La Rúa, Macri y Milei. Pero no me haga caso, hay veces en que uno llega a sentir que la Argentina se comporta como el perro que se muerde la cola, dando vueltas en el mismo lugar.

—Desde 1914 estamos en eso: en la lucha del país nuevo y real con el país viejo y perimido, que para vivir él impide el surgimiento de nuestras fuerzas potenciales. Es un andar y desandar continuo; un avanzar tres pasos y retroceder dos. En ese andar hacia adelante muchos sectores del interior han encontrado su solución transitoria en el crecimiento del mercado del litoral y solo por él; el algodón del Chaco, el vino y la fruta de Mendoza y Río Negro, la yerba y el té de Misiones, los citrus de la Mesopotamia y del Norte, el tabaco, el azúcar, el arroz y la variada gama de productos que han permitido avanzar a algunas provincias de las condenadas a vegetar miserablemente en el mecanismo exportador-importador del litoral.

»Las dos grandes guerras, la de 1914 y la de 1939, y la neutralidad mantenida a pesar de todas las presiones, rompieron en dos oportunidades críticas el esquema agroimportador y dieron lugar a un incipiente desarrollo industrial en la primera, que tuvo carácter mucho más definido y profundo en la segunda. Las condiciones históricas favorables fueron relativamente acompañadas en la primera oportunidad, por el gobierno de Yrigoyen, con medidas imprecisas pero que ayudaron, como el cierre de la Caja de Conversión, el incremento de la actividad del Estado como promotor y el primer reconocimiento de los trabajadores como fuerza dinámica de la realización argentina en la segunda, desde la política inicial de Castillo, con la creación del Banco Industrial y la creación de la Marina Mercante, a la decidida y enérgica política de Perón, ejecutada audazmente por Miranda y con la efectiva acción de los trabajadores que, con la lúcida conciencia de su papel, ocuparon el lugar vacante de la burguesía en la conducción nacional, pues la burguesía que surgía entonces, al amparo de condiciones favorables, tampoco tuvo conciencia de su valor histórico ni de la línea política de sus intereses.

»1930 y 1955 son fechas equivalentes, y la Década Infame y la Revolución libertadora se identifican en los fines, en la técnica revolucionaria, en los equipos de gobierno y en el mismo aprovechamiento de las fuerzas militares destinadas al increíble papel de frenar la grandeza nacional y cerrarle al país —cuya expresión armada de potencia son— el camino que les abriría la posibilidad de ser potencia.

»No se trata aquí de hacer el análisis de la política económica del gobierno caído en 1955. Solo bastará con decir que, cabalgando la única tentativa de política económica nacional en gran escala después del precario ensayo que pudo hacer Rosas. (Ésta analogía que quiso ser injuriosa resultó un cumplido y lo resultará cada vez más a medida que se vaya conociendo la historia verdadera de las "Tiranías Sangrientas" y la de sus adversarios). El establecimiento de prioridades, la concentración de la banca y el manejo de las divisas para proyectar sus recursos sobre las mismas, el manejo del comercio de exportación y el control de la infraestructura económica y la paralela redistribución de la renta, con la consiguiente promoción social del país, son caminos que habrá siempre que recorrer, corrigiendo errores, perfeccionando aciertos y aportando nuevas soluciones y perspectivas, porque son los únicos caminos posibles de una integración económica nacional.

—Siempre que cae un modelo de expansión económica, que distribuye las ganancias, sobreviene un revanchismo de clase feroz, que contiene un profundo desprecio por aquellos que pudieron —al menos un poco— mejorar su calidad de vida.

—Le voy a leer algo que tengo por aquí, que nos ayudará a reflexionar. Dice Martínez Estrada, en el libro *¿Qué es esto?*, página 61, refiriéndose a las nuevas capas obreras: "Tampoco las emancipó, sino al contrario, las sometió a servidumbres satisfechas, solitaria en su agrupación, aumentándoles los jornales, y, más que eso, permitiendo al trabajador libre, no artesano ni especializado —porque no hay que confundir esta especie con la del bracero sin especialización que piensa que se nace sabiéndolo todo—, la fijación ad libitum de sus salarios o el pago ocasional de changas, salario que vino a quedar equiparado al de un profesional o médico a domicilio. Creó un cuerpo domiciliario de haraganes estafadores. Un changador, un taximetrista, un mecánico de radios o de básculas que no entiende su oficio, un plomero, un lustrador de pisos que hasta ayer fueron repartidores de almacén, cobran su trabajo a razón de $ 30 la hora. Y están tan infatuados que nos humillan con su arrogancia de analfabetos cuando les preguntamos por sus honorarios...". "Ese lumpen proletariat tampoco conoce ningún oficio ni quiere aprenderlo; son advenedizos, pigmeos de los mismos políticos a quienes desprecian, rateros de la prole de los grandes ladrones de despachos ministeriales. No hay otra salida que llamarlos, pagarles y sufrir la estafa porque el caño se desuelda, el mosaico salta, la radio no funciona".

»¡He ahí el hombre en el que se resumen todos estos apóstoles sociales de la literatura izquierdista de cenáculo, los tremendos transformadores de nuestra sociedad a base de "cultura"! ¿De qué otra manera razona la tilinga de Pueyrredón y Santa Fe? ¡He aquí el otro Ezequiel, y el Job, y el Daniel! Todo el Antiguo Testamento de sus abominaciones se resuelve en el cálculo biliar de un pequeño burgués al que le fallan los desagües.

»Podría haber agregado que es horrible hacer el sacrificio de llevar la familia a Mar del Plata para encontrar que la habitación de al lado la ocupa la mecanógrafa, el peluquero o el repartidor de leche; que en el restaurante no hay mesa porque lo desbordan gentes que antes no tenían acceso a él; que los camarotes del tren le son disputados por la multitud en fiesta; que cualquiera ocupa un taxímetro y que hay que hacer cola para comprar el pollo ("allo spiedo") que antes ofrecía reverente el rotisero sin clientela al grave caballero de fláccido bolsillo, que lo tuteaba paternalmente al protegerlo con la compra.

»La prosperidad de los de abajo, ¿ha molestado a los de arriba? No a los de muy arriba, porque el empresario sabe que esa prosperidad general es condición necesaria de las buenas ventas, es mercado comprador para sus productos. Molesta solamente al escalón inmediato superior, a esa clase de quiero y no puedo de la pobreza vergonzante, a quien parece disminuir socialmente el ascenso de los que estaban un poco más abajo, porque se alteran sus jerarquías rutinarias de la importancia social.

»Es cierto que la plena ocupación apareja males; que son sus inevitables consecuencias. Desde el momento en que se restringe la oferta de mano de obra y el empresario no puede elegir, disminuye el rinde unitario porque el obrero deficitario baja los promedios y relajando la disciplina del taller incide sobre su productividad de los más capacitados. Esto ocurre aquí y en todo el mundo, pero el empresario sabe que esos inconvenientes se compensan en el mercado de ventas por la presión compradora de la ocupación total. Con desocupación el empresario puede seleccionar sus obreros, pero los compradores a su vez, disminuidos en su poder adquisitivo, seleccionan los precios y las calidades.

»Por otra parte, la deficiencia técnica del nuevo asalariado es un hecho de transición que se resuelve por sí mismo a medida que los sin-oficio van adquiriendo la técnica, por un proceso de formación cultural imposible sin la transformación económica que crea las condiciones del aprendizaje.

»Martínez Estrada prefiere el mantenimiento de la miseria estratificada por rango social; por eso, es consecuente al promover la separación entre obreros calificados y no calificados, para que la pobreza de unos se alimente de satisfacciones con la pobreza de otros; aspira posiblemente a una sociedad como la hindú, con sus castas organizadas y donde la función del cipayaje es debidamente considerada. Postula el escritor una sociedad como la que genera la condición pastoril de la economía.

—Al mismo tiempo, resulta desalentadora la reacción de no pocos sectores beneficiados por la transformación económica que, aun poniéndose en riesgo, deciden apoyar políticas contrarias a aquellas que generaron su progreso.

—Allá, muy arriba, la clase propietaria del suelo, en un plano donde se mueven los personajes de las grandes firmas exportadoras e importadoras, las altas figuras de la política tradicional y los gerentes de los grandes intereses extranjeros. Su riqueza y prosperidad nunca llegarán a la que puede lograr una burguesía nacional, fundada en la industria y los negocios, pero parece constituir una nobleza y casi puede atribuírsele un origen divino: "fue siempre así", forma parte del orden constituido y heredado, y su derecho, aún reciente, no molesta a los segundones, aún de origen más cercano.

»Después vienen los pequeños propietarios y rentistas, los funcionarios, los profesionales, los educadores, los intelectuales, los políticos de segundo y de tercer orden, elementos activos o parasitarios de esa sociedad. Esta clase es pobre, pero lo disimula en la pobreza general; está constituida por los estratos superiores de la inmigración y los de pasados de la clase gobernante —primos pobres de la oligarquía—. En ella se reclutan desde los maestros de escuela hasta los sacerdotes y los oficiales de las instituciones armadas, los estudiantes y algunas camadas de obreros calificados.

»Esta clase no tiene horizontes. Asiste desde lejos a la fiesta donde conquistadores y cipayos lucen los esplendores de su poder. Está resignada; no aspira a superarse. La esperanza de sus hijos es heredar la modesta posición del padre; no tiene otro horizonte que el empleo público o entrar en una gran casa de comercio, y el título universitario es su máxima aspiración. A su vez, el doctor recién egresado no tiene cabida en su ciudad de origen y debe dirigirse a la campaña; si se queda vegeta en mísero consultorio o anda por los juzgados de paz pichuleando asuntos; si por casualidad siguió alguna carrera técnica, descubre que la producción colonial no tiene cabida para su ciencia. El padre con muchas hijas no sabe qué hacer con las "chancletas", porque su única colocación decorosa posible es el matrimonio con otro pobrecito vergonzante de su misma clase.

»La transformación de la economía cambió todo esto. El joven de la clase media desprecia el empleo público y lo llaman las actividades del comercio y de la industria, donde no tiene que hacer las largas colas de las madrugadas, esperando la aparición de la Prensa, para estar en primera fila de los que se ofertan; el universitario tiene trabajo abundante y hasta se da el lujo de instalarse en la ciudad de sus padres; para el padre prolífero las muchas hijas no son problemas cuando hay salario y ocupación y termina por ser un buen negocio, mientras casarlas es malo y esto va a darle a la mujer un lugar digno en el marco social. Los muchachos cuyas lecturas no pasaban de "fijas y batacazos", en materia financiera, están ahora al tanto de las cotizaciones de la bolsa; en las mesas de los cafés se habla de divisas y de cambios; todo el mundo tiene algo que ofertar en venta; todo el mundo es comprador de algo; la gente renuncia a los empleos públicos y bancarios para dedicarse a actividades privadas, ante el asombro de los viejos que dicen sentenciosos: "Esta locura no puede durar", recordando el drama de su juventud.

»Nos han amolado diciendo que la pasión por el empleo público es producto de nuestra filiación hispánica y que eso no sucede en los países anglosajones, pero ocurre que en cuanto nos asomamos a condiciones económicas parecidas a las anglosajonas, nuestros muchachos proceden como yanquis o londinenses... El comercio internacional ya no es un misterio solo reservado a unos cuantos alemanes, ingleses o franceses. Resulta que cualquiera puede ser exportador o importador, y la clase media aprende más de todas estas cosas, en unos pocos años, que en medio siglo de enseñanzas financieras y económicas a cargo de la universidad.

»Pero, esta gente está habituada a reverenciar la prosperidad de los cipayos, de las castas del lujo, los negociados entre las altas figuras nativas y los rubios representantes de los imperios y cada uno siente celos de la prosperidad del otro, sin fijarse en la propia. Es un viejo fenómeno que ya lo vimos también en tiempos del radicalismo, aunque en menor escala: nadie le lleva la cuenta a los automóviles ni a los trajes de un Anchorena o de un Álzaga, ni al máster de la sociedad anónima extranjera, porque se parte del supuesto de que nació para tenerlos. ¡Pero todos se alborotan por el nuevo pantalón del inquilino de la pieza 31!

»El Doctor se amarga porque ya no es tan importante; añora el tiempo en que fue el pequeño Dios casero del barrio o del pueblo; la gente lo veía pasar a Martínez Estrada y las comadres del conventillo decían: "Es escritor, sale en los diarios". Y todos se quedaban mirándolo con los ojos abiertos. Ahora la gente se ha ensoberbecido y esto molesta al señor Martínez Estrada; ni lo mira, del mismo modo que no permite al Doctor que la proteja con su tuteo, y si a más no viene hasta le para el carro. Existen por lo demás muchos sectores verdaderamente lesionados; esto pasó ya en las reformas de Licurgo y de Solón y seguirá siendo siempre así, pues para que la máquina marche es necesario que el émbolo golpee en los dos extremos; ahí están los pequeños rentistas, la gente de entradas fijas, con sus economías lesionadas.

»También ofende esa brusca promoción de industriales y hombres de negocios, salidos de su propia fila, con la chabacanería del enriquecido; es la burguesía, que no existía anteriormente, generada por las condiciones económicas propicias y a la que llaman la "nueva oligarquía", cuando es precisamente su negación: clase en constante formación, de altibajos frecuentes, y que suscita la admiración de sus adversarios cuando la ve actuar en los países anglosajones. Pero, este nuevo rico tan improvisado como el obrero que molesta a Martínez Estrada es más ignorante que aquel: no sabe que su prosperidad es hija de las nuevas condiciones históricas y cree que todo es producto de su talento. Aspira al estilo de vida de las viejas clases admiradas a las que trata de imitar; tal vez en su escritorio frente a la realidad de los negocios comprende algo, pero le irritan los problemas con el sindicato. No ha adquirido todavía esa suficiencia y esa seguridad burguesa que permiten mirar de frente a la aristocracia; suscita la envidia general, esclavo de sus utilidades de mercado negro que se ve obligado a gastar en automóviles coludos, y cuando regresa a su casa, la "gorda" en trance de señora bien, y la hija casadera, que ya se ha vinculado algo en la escuela paga, ahora quieren apellido y asegurarse un sitio social, aunque más no sea en la sociedad de San Isidro, que es ahora lo que fue el Club de Flores en mi mocedad. De visita, la "niña" y su madre asienten cuando oyen comentar que el servicio "se ha vuelto insoportable", y las viejas señoras recuerdan la época en que se recogían chinitas para "hacerles un favor".

—Con las idas y vueltas entre progresos y retrocesos, ¡es como remar en un mar de dulce de leche!

—No está de más recordar lo que sucede al estudiante de medicina a medida que en los primeros pasos va adquiriendo el conocimiento de las enfermedades, y como la sigue con todo su proceso teórico hasta el resultado final, se desalienta; solo se recobra cuando comprueba las realizaciones de la medicina con una visión de conjunto que acredita sus progresos por los índices generales y los "casos" observados y no por la evolución teórica de la enfermedad como tal. Del mismo modo hay que razonar en esto: a pesar de las enfermedades que se evidencian, la conciencia nacional crece y crece, y es cada día más poderosa, con lo que se comprueba que si los males son aterradores, la salud de lo argentino los supera en la afirmación de su propia personalidad. Solo así se explica que subsistamos, y que subsistiendo seamos cada día más definitivamente argentinos; lo seremos si como en el judo, la fuerza del adversario se convierta en el instrumento de fuerza propio, para lo que bastará conocer la estructura y modos de la colonización pedagógica, pues desentrañada la índole real de la misma la inteligencia esclarecida multiplicará los efectos del contragolpe.

De golpe descubro que habíamos llegado al tiempo estimado, y que esa había sido la última respuesta por parte de Jauretche. Don Arturo se incorpora para saludar a Guillermo y mientras le guiña un ojo le dice:

—El amigo está anclado en el 2024. Pese a eso no

rompimos las reglas del ministerio.

Acto seguido me mira con picardía y algo de ternura para despedirse:

—Espero que pueda adaptar la historia a su presente, como un tipo de aprendizaje para descubrir dónde están parados. Nosotros no podemos intervenir de manera directa, aunque nos gustaría, claro que nos gustaría.

—Créame, Don Arturo, ustedes siguen interviniendo, por eso no ha hecho falta quebrar las reglas del ministerio.

El apretón de manos, que selló la despedida, nos cruzó las miradas por última vez, en ese momento pude volver a observar que la claridad de sus ojos expresaba su campechana argentinidad, leal a su gente y cercana a todos los tiempos. Entonces comprendí que Arturo Jauretche estará siempre ahí, cada vez que lo necesitemos.

# INVESTIGACIÓN DE LA MUERTE DEL SEÑOR HILARIO DÍAZ CANE

## Testigo 5

Siendo las 11 horas de despacho y oportunidad para oír las declaraciones de los testigos, se llamó a declarar al ciudadano Andrés Damián Figueroa (Andy), de 43 años, oriundo de la Ciudad Autónoma de Buenos Aires, a quien le fueron leídas las generales de la ley referentes a testigos y manifestó no tener impedimento legal alguno para declarar sobre el interrogatorio que le será formulado de viva voz por el promovente.

—¿Diga el testigo qué relación tenía con la víctima?

—No exagero si digo que la víctima fue como un padre para mí. Desde temprana edad se constituyó como un referente laboral y, más adelante, como una guía personal en la medida en que fuimos estrechando nuestro vínculo.

—¿Quiere decir que su relación no era estrictamente laboral?

—Exacto, fue una persona muy importante en mi

desarrollo profesional y un ejemplo en el plano personal. Pese a mi origen humilde y a la poca experiencia con la que yo contaba al momento de conocerlo me apadrinó y me convirtió en la clase de hombre que soy. Me ofreció la oportunidad de tener una profesión y de convertirme en una persona que dispone de carácter y solvencia económica.

—¿Compartía la mirada de Díaz Cane sobre cuestiones referentes al manejo empresarial, en referencia a los trabajadores del portal que usted dirige?

—Sí, obviamente. Por supuesto que, con estilos distintos y responsabilidades diferentes, pero yo he sido, según creo, un fiel intérprete de su mirada con respecto a la dirección del portal.

—¿Cómo es su relación con los trabajadores del portal?

—Estrictamente laboral. Mi tarea consiste en administrar las capacidades disponibles con el fin de obtener la rentabilidad requerida por los directivos del grupo empresarial.

—¿El descontento de los asalariados resulta un impedimento para las ganancias de la empresa?

—No, en lo que a mí concierne la productividad está relacionada con la dirección que se logra imprimir en toda la órbita que abarca la administración. Si falla cualquier tipo de productividad, tanto humana como económica, es una falla de la capacidad organizativa.

—¿Podríamos decir que usted comparte los epítetos vertidos por Díaz Cane al momento de confrontar con los trabajadores, en la noche de su cumpleaños?

—Hilario tenía una mirada que comparto plenamente,

detrás de sus críticas había una bronca que se originaba en la incapacidad de aprovechar oportunidades por el solo hecho de mantenerse observando el mundo con anteojeras ideológicas. Ese era un punto de unión muy fuerte entre él y yo.

—¿Eso implica que usted estaba de acuerdo con los calificativos vertidos contra los trabajadores del portal?

—No compartía las formas, Hilario era temperamental en exceso cuando se dejaba llevar por los acontecimientos. Yo no soy de caer en calificativos, pero comparto plenamente el concepto porque conozco el origen de su fastidio. Las ideologías son pretextos para observar una parte de la realidad, generalmente la que menos conviene, la más negativa en virtud de los intereses del mundo empresarial, que tiene la misión de organizar la fuerza de trabajo y derramar ganancias sobre las personas.

—¿Usted estaba presente al momento del forcejeo entre Díaz Cane y Daniel Romano?

—Sí, hablando de anteojeras ideológicas, no es casualidad que Hilario haya reaccionado contra Romano, un personaje por demás politizado, que pasa todo por el tamiz ideológico.

—¿Existía antecedente de alguna disputa entre ambos?

—No que yo sepa, como le decía, Daniel Romano tiene una actitud de rebeldía, que se hace evidente a través de cierta ironía en sus columnas periodísticas y en su trato laboral y hasta social, una mezcla de arrogancia intelectual incomprobable con resentimiento, como si todos formáramos parte de sus fracasos. En ocasiones es inaguantable.

—¿Cómo fue la agresión entre ambos aquella noche?

—Al advertir el tumulto pude observar cuando Daniel golpeaba a Díaz Cane, una reacción por demás violenta que me entristece mucho por él. No logro comprender qué clase de sentimiento interno puede ser capaz de motorizar una respuesta como esa.

»Pero no quedo ahí, luego lo persiguió por el departamento, insultando como un poseído y llegó, incluso, a patear reiteradas veces la puerta del baño, donde se refugiaba Hilario luego del incidente.

—¿El señor Díaz Cane se introdujo en el baño para escapar de Daniel Romano o lo hizo por el hecho de que comenzó a sentirse descompuesto?

—Creo que fueron ambas cosas a la vez. Yo pretendía llevarlo a la habitación, pero en el trayecto Hilario se introdujo en el baño. Fue todo muy confuso.

# JORGE ABELARDO RAMOS

Para los políticos era un escritor y para los escritores un político. Otros aseguran que la literatura latinoamericana se perdió de un magnífico novelista. Lo cierto es que Jorge Abelardo Ramos proviene de un hogar más politizado que la media de los hogares porteños. Su padre era simpatizante anarquista, su tío militante socialista y su madre una ferviente yrigoyenista.

El vínculo de Rosa, la madre de Ramos, con el caudillo radical comenzó cuando acudió a su casa de la calle Brasil, poco antes de que el titán revolucionario acceda a su primera presidencia. La muchacha quedó deslumbrada por el trato del caudillo y por su austero estilo de vida. En esa oportunidad ella le pidió auxilio e Yrigoyen cumplió con su palabra, a los pocos meses la muchacha (que no llegaba a los 20 años) comenzaría a trabajar en el Ministerio de Agricultura.

Años más tarde, Rosa decide visitar, como muestra de agradecimiento y adhesión, al presidente derrocado en el presidio de Martín García. Con apenas diez años el pequeño Abelardo acompañó a su madre y fue testigo del aquel encuentro. Nunca borrará de su memoria el gesto amable, la voz pausada y la estampa de ese criollo mojón de quebracho plantado, siempre desafiante, en el terreno popular.

Tango Hipólito Yrigoyen (1928)
Letra y música de Enrique Maroni

Yrigoyen, Presidente
la Argentina te reclama,
la voz del pueblo te llama
y no te debes negar;
él necesita tu amparo,
criollo mojón de quebracho
plantado siempre a lo macho
en el campo radical!

Desde el suburbio al asfalto
mil voces claman y lloran,
todas las almas te adoran
y quieren verte feliz.
Viejo sencillo y valiente,
para los pobres guarida,
me juego entero la vida:
serás gloria del país.

Tendiste a todos la mano
siempre lista al sacrificio.
Nadie te pidió un servicio

que lo supieras negar...
Si de puro generoso,
y de mostrar tanto celo,
fue tu único consuelo
el tener algo que dar.

Mañana cuando en las urnas
suenen las dianas triunfales,
y los votos radicales
las demás listas arrollen,
bien al tope las banderas
y en alto los estandartes,
gritarán por todas partes:
¡Viva Hipólito Yrigoyen!

Probablemente aquel encuentro fue de gran utilidad para Ramos, para comprender al peronismo que nacería quince años después, luego del golpe de Estado contra Yrigoyen y el periodo siguiente denominado "la Década Infame". Tal vez, en algún lugar de su ser, se alojará el latinoamericanismo del caudillo radical con su máxima de oro: "Los hombres deben ser sagrados para los hombres y los pueblos para los pueblos", frase que el entonces presidente argentino expresó a su par de EE. UU., Herbert Hoover, en ocasión de la inauguración de las líneas telefónicas entre Washington y Buenos Aires.

La extensa trayectoria de Abelardo Ramos transita a lo largo de los acontecimientos más destacados del siglo XX, desde la guerra civil española, la Segunda Guerra

Mundial, la década infame, la irrupción del peronismo, el golpe de 1955, la resistencia peronista, el regreso de Perón, la Guerra Fría, hasta llegar a la caída del muro de Berlín.

Anarquista primero y trotskista después, abrazó al peronismo desde el inicio mismo, encolumnado en una tendencia muy minoritaria de la izquierda que se desenvolvía en un apoyo crítico que supo destacar por su argumentación política.

—¿Qué recuerdos tiene de la jornada del 17 de octubre de 1945? —le pregunta Anselmo Marino.

—Y, estaba en la calle Corrientes, al tanto de los hechos del día anterior, que fue cuando la CGT se reunió para convocar una huelga que ya tenía fuerza espontánea, porque se sabía que la gente había empezado a salir a las calles en la provincia de Buenos Aires y en Tucumán —le responde Ramos, y continúa—: Y había estado un rato antes en Avenida de Mayo, presenciando la algarabía, la manifestación festiva de la gente que llegaba trepada hasta a los techos de los ómnibus y los tranvías, con gorros improvisados con los pañuelos con nuditos en las puntas, porque era un día caluroso. A la noche, tarde, el espectáculo era fantasmagórico, porque la gente había encendido antorchas que iluminaban la oscuridad: era una plaza incendiada, llena de humo, de ruido, de alegría. Era algo impresionante. La desconcentración empezó muy tarde.

»Y me topé en un bar, creo que se llamaba La casa de Troya, con Héctor Raurich y sus amigos trotskistas platónicos del grupo Nuevo Curso. Raurich dijo: "Acabamos de presenciar la manifestación de la barbarie política del proletariado...". Le respondí: "A mí me parece que esto es la incomprensión total suya sobre la clase obrera verdadera. El Bolchevismo, en todo caso, era la manifestación de un pueblo no menos bárbaro". Y allí empezamos una larguísima discusión, muy dura, que escandalizaba a los discípulos de Raurich, pero no a él, que como intelectual puro sentía placer en la esgrima dialéctica y que estaba sorprendido por una postura tan extraña proveniente de un joven irreverente que se decía trotskista y pintaba positivamente esa manifestación de apoyo a Perón. Nuestra discusión terminó tarde, los demás ya se habían retirado. A las 5 de la mañana nos fuimos y nunca más volvimos a vernos.

—Calculo que no habrá sido fácil discutir puertas adentro de la izquierda sobre la irrupción del peronismo —acotó Anselmo.

—Nadie explicó el origen y significación del peronismo, en el mismo momento en que este nacía, más lícida y rigurosamente que Narvaja. A ninguna lumbrera de la desmañada e imitativa inteligencia nacional se le hubiera jamás ocurrido reflexionar sobre el carácter dual o problemático de los ejércitos en el tercer mundo o el papel peculiar que la fe religiosa puede jugar como equivalente histórico de las ideologías políticas revolucionarias no plenamente desenvueltas en los países colonizados. Nadie pensó antes que Aurelio Narvaja en tales temas, así como en el rol que podía jugar el Estado nacional como escudo defensivo en los países débiles. Narvaja esbozó esas ideas, lo hacía a la manera socrática o yrigoyeniana, sin poner nada por escrito. Que yo recuerde, los únicos artículos que escribió de su propia mano fueron los publicados en septiembre y octubre de 1945 en "Frente Obrero". Al producirse el 17 de octubre, cuando aún las masas que habían protagonizado los sucesos no sabían exactamente cómo llamarse a sí mismas, Narvaja interpretó sobre caliente los acontecimientos e inventó una palabra que sería luego bastante conocida: peronismo. Sin comprometerse con el coronel Perón, marcó a fuego a sus adversarios de la izquierda y la derecha, abrazados y petrificados en la Unión Democrática.

»La pluma de Narvaja escribía en octubre de 1945 en las páginas de "Frente Obrero":

"La misma masa popular que antes gritaba "¡Viva Yrigoyen!" grita ahora "¡Viva Perón!". Así como en el pasado se intentó explicar el éxito del Yrigoyenismo aludiendo a la demagogia que atraía a la chusma, a las turbas pagadas, a la canallada de los bajos fondos, etc., así trata ahora la gran prensa burguesa y sus aliados menores, los periódicos socialistas y Stalinistas, de explicar los acontecimientos del 17 y 18 en iguales o parecidos términos. Con una variante: comparan la huelga a favor de Perón con las movilizaciones de Hitler y Mussolini. Identificar el nacionalismo de un país semicolonial con el de un país imperialista es una verdadera proeza teórica que no merece siquiera ser tratada seriamente. (...) Al gritar "¡Viva Perón!", el proletariado expresa su repudio a los partidos seudoobreros cuyos principales esfuerzos en los últimos años estuvieron orientados en el sentido de empujar al país a la carnicería imperialista. Perón se les presenta, entre otras cosas, como el representante de una fuerza que resistió larga y obstinadamente esos intentos y como el patriota que procura defender al pueblo argentino de sus explotadores imperialistas".

—Jorge Asís sostiene que junto al nacimiento del peronismo nace, en simultáneo, su primo hermano: el anti-peronismo —comenta Anselmo.

—El coronel elocuente y la bella actriz eran la "pareja reinante" en un país próspero. Si Perón había abandonado el uso del uniforme por vestimentas civiles y aún informales, Eva renunció rápidamente a los vestidos de Christian Dior y las joyas prodigiosas para usar un simple *tailleur* y un breve rodete en la nuca.

»El presidente era el caudillo de los trabajadores, "el primer trabajador". Y su mujer pasaba los días y las noches en el edificio del antiguo Concejo Deliberante, luego Ministerio de Trabajo y Previsión, en la Diagonal Sur, bajo la mirada escéptica de Roca. Día y noche se ocupaba en atender viudas y huérfanos, mujeres abandonadas, madres desesperadas, chicos sin hogar. Todo esto era una sopa agria para el paladar de la oligarquía estupefacta. Su vieja hipocresía apenas podía soportarla; la clase media "culta" imitaba a la aristocracia en el asombro que les producía el gran espectáculo.

»Con el fraude y la década infame, el país parecía haber dejado atrás el formalismo de tartufo de la clase dominante, que escondía sus vicios y crímenes tras los gestos solemnes del formalismo jurídico.

»El presidente tenía aires de un *bon enfant*, como dijo Ugarte. Su perpetua sonrisa era como una especie de símbolo de la Argentina de posguerra. Habíamos salido del gran conflicto como neutrales y en calidad de acreedores. "No se puede caminar por los pasillos del Banco Central, porque están cubiertos de cajas de oro", se jactaba Perón.

»Evita, por su parte, cobró pasión por su trabajo: descubrió la política, las mujeres pobres y la maravilla anti-borgeana de que no hay nada más estupendo que el amor colectivo.

»Oro en las arcas del Estado, hechizo en la multitud, uso y disfrute del poder. ¿Qué más podía pedir esa muchacha provinciana y ese maduro oficial sin caer en uno de los defectos del carácter argentino, la fanfarronería? Así es como Eva envió juguetes a los niños pobres de Nueva York o regaló trigo a España.

»Pero no todo era fanfarronería. Cuando el verdugo Castillo Armas derribó con el dinero de la *United Fruit Company* al gobierno del coronel Árbenz en Guatemala, varios centenares de perseguidos se refugiaron en la embajada argentina de la capital. Las compañías norteamericanas rehusaron venderles pasajes para salir del país. Perón resolvió entonces desviar de sus vuelos regulares a Europa a algunos aviones de la flota aérea estatal (FAMA) y tendió un puente aéreo entre Guatemala y Buenos Aires para salvar a los refugiados. La prensa norteamericana redobló sus ataques contra el "dictador sudamericano". Su desafío a los Estados Unidos no sería olvidado.

»Era una época barroca de pagana religiosidad popular. Los dos grandes héroes cívicos constituían, cosa extraña, un matrimonio.

»Innumerables procesiones, manifestaciones o concentraciones populares, homenajes al presidente, montañas de flores de agradecidos gremios, campeonatos de fútbol o de sable, de box o de billar, eran brindados a

Perón o Evita por los triunfadores. Las placas de bronce conmemorativas se acumulaban sobre las escasas paredes para recordar tal o cual ley benéfica.

»Raúl Alejandro Apold, secretario de Prensa, se encontraba al frente de una imponente burocracia de papel. Derramaba sobre la república millones de discursos, reseñas de actos, folletos conmemorativos, fascículos, volúmenes de propaganda o retratos. Pero ya nadie los veía, leía, conservaba o recordaba, tal era su profusión, equivalente a los nombres aduladores de estaciones de ferrocarriles, capitales de provincias, pueblos o provincias enteras: provincia Eva Perón, estación Juan Domingo Perón, calle Eva Perón, Ciudad Evita. La nomenclatura era abrumadora.

»Perón recibía este diluvio impreso con la más perfecta naturalidad y con una sonrisa cautivante. Siempre era locuaz, muchas veces demasiado. Tenía algo de picardía criolla, con una pizca de compadre y un pequeño guiño de complicidad en un ojo comprensivo. En sus discursos se permitía contar algún cuento de Discépolo ante la multitud. Otras veces, en un rapto de furor, como ocurrió después del atentado con bombas homicidas en la Plaza de Mayo, el 1 de mayo de 1953, cerró el acto con las palabras de Marx: "Trabajadores del mundo, uníos".

»Agudo y también vulgar, rápido para capturar una buena idea al vuelo y hacerla suya, osado y prudente a la vez, tenía a su lado otra criatura impar. Era preciso admitir que se movían en el vasto público dos actores que se "sobreactuaban" y se disputaban la escena. Era la victoria a dos voces. Parecía repetirse aquí la ocurrencia de Jean Cocteau: "Víctor Hugo era un loco que se creía Víctor Hugo".

»La generación posterior difícilmente pueda imaginar el odio que tal pareja suscitó en la oligarquía tradicional y en la clase media urbana del sector profesional universitario intelectual. Es claro que ese odio social estaba ampliamente compensado con el amor que las masas más pobres o desvalidas depositaban en Perón y Evita.

»Esta polarización enseña mucho más que una biblioteca consagrada al "populismo" y cuyos estupefacientes ejemplares pueden adquirirse a bajo costo en Europa o Estados Unidos.

—El desprecio por lo popular, fronteras adentro, complica enormemente la posibilidad de concretar una identidad nacional. ¿No le parece? —inquiere Anselmo.

—La Argentina, a diferencia de las colonias de corte clásico, que sufren la dominación extranjera directa (como sucedía en el caso de Argelia, la India o Angola), es una semicolonia en cuyo suelo habita un desdoblamiento de una parte de la sociedad española y europea mestizada con los criollos originarios.

»Hablamos y escribimos en lengua europea. La religión dominante es el catolicismo de Roma. El núcleo criollo de la Argentina y la constitución multiétnica de su población son, pues, muy diferentes a las colonias antedichas, en cuyos territorios se oponen dos religiones, dos lenguas, dos culturas, dos estilos de vida y de hábitos.

»La formación de la conciencia nacional es más simple y directa en la colonia africana o asiática que en la semicolonia latinoamericana, impregnada de ideas, lenguas, costumbres y hasta intereses de clases internas articuladas a las grandes metrópolis. Las dificultades del proceso de autoconciencia crítica de su identidad nacional y cultural surgen para los argentinos —y para los intelectuales en particular— de ese hecho.

»No es posible olvidar en este análisis que una parte considerable de las clases medias urbanas (y portuarias) de la Argentina habían sido destinatarias específicas de los beneficios proporcionados por la estrecha asociación entre el litoral cultivable y la economía europea.

»El europeísmo y el librecambismo de esas capas de las clases medias no eran flores del aire. Todos los patrones culturales de Europa eran absorbidos a bocanadas, como aire fresco renovador, por incontables generaciones del mandarinato. Según las épocas y modas, la "inteligencia" había literalmente renovado el positivismo, el simbolismo, el evolucionismo, el ultraísmo, el socialismo y el comunismo, la arquitectura de Gropius y Le Corbusier, la literatura proletaria de la escuela de Stravinsky. Toneladas de Anatole France y Romain Rolland, Huxley y Eliot, Sartre, sin olvidar a Marx, Russell y, hablando lúgubremente, Giovanni Gentile y Stalin. Más cerca, Althusser y Gramsci.

»¿Para qué serviría a la fastuosa colonia rioplatense esa tienda de *bric à brac* teórica, esa ropavejería de las culturas clásicas revolucionarias, sino para trabar, por ausencia de elaboración interior, el crecimiento de una visión singular de la Argentina, nacida y acariciada en el latido del subsuelo, la formada en el aire, sabor y perfil del cielo hispanocriollo, sustancia única que no puede encontrarse fuera de aquí en el ancho del universo? No había servido para nada.

»Y no había servido para nada porque cuando la historia, con su vozarrón, se ponía en movimiento, todo ese equipaje europeo era demasiado pesado para comprender como argentinos lo que estaba ocurriendo ante nuestros ojos. De un solo trazo los acontecimientos desnudaban la imagen del pueblo real, del pueblo de aquí.

»Y los intelectuales de izquierda manifiestan el mismo desagrado visceral que los intelectuales de derecha ante aquello que presenciaban. Es que el "pueblo-nación" del que hablaba Gramsci (se decían en voz baja, como en secreto) no era este, que tenía olor a sudor y era procaz en sus grandes días, sino aquel otro, el amado pueblo de los libros, esa multitud abstracta de las bibliotecas y de los cafés humosos, dócil multitud que podría ser adecuadamente ilustrada en un falansterio situado en el futuro.

—Hablando de identidad nacional —intervino Anselmo —, usted ha dicho en más de una oportunidad y ha escrito largamente que "somos un país porque no pudimos integrar una nación y fuimos argentinos porque fracasamos en ser americanos".

—La ilustración europea elaboró de alguna manera la justificación filosófica y científica de la ulterior empresa colonial. Un mundo tan diferente a la sociedad civilizada de Europa no podía ser sino salvaje.

»La idea fue fructuosa para los civilizadores. Nada resultaría más práctico a los codiciosos hijosdalgos españoles que excluir a los habitantes de las tierras nuevas del género humano y a sus animales de la geografía zoológica reconocida. Todo aquello que no se parecía a Europa sería clasificado como salvaje o bestial. Con la mayor seriedad del mundo, Voltaire afirmaba que los leones de América eran calvos.

»La América criolla, desprendida de España en las guerras de la independencia, fue "balcanizada" por las potencias anglosajonas. Aparece en la historia un mosaico incoherente de veinte Estados supuestamente soberanos, adornados de todas las baratijas jurídicas, filatélicas, arancelarias y rituales de "naciones" verdaderas.

»Pero en realidad se trata de provincias, de repúblicas simbólicas, perpetuamente conmovidas por pronunciamientos militares, la sujeción cultural hacia los Estados Unidos o Europa, sumidas en los cultivos de exportación y con las clases ilustradas hechizadas por las civilizaciones clásicas, la democracia formal inmovilista o los marxistas importados. También el pensamiento político de los hijos de la América criolla es sometido a la "balcanización". Cada latinoamericano supone pertenecer a una nación, pero en realidad se trata de naciones no viables.

»El imperialismo triunfará en la cabeza de los latinoamericanos, sean de derecha o de izquierda, en tanto los latinoamericanos conciban todas las fórmulas de redención, aun las más atrevidas, excepto unirse en nación o confederación de Estados. La dispersión ha logrado borrar en la memoria histórica colectiva que las veinte provincias deben confluir en la gran nación posible o privarse de un destino.

»Reintegrar a la América criolla su conciencia histórica perdida quizá sea una aventura tan azarosa como aquella que emprendieron Cristóbal Colón y Américo Vespucio. Pero una gran época define su carácter por el tamaño de las empresas que son capaces de concebir sus contemporáneos.

»Hemos brindado tolerancia —impuesta o inducida—

durante siglos. Ahora necesitamos cincuenta o cien años de conflicto. Conflicto político, cultural, económico, para unir a la gran Patria disgregada. Después podremos ofrecer al mundo, de igual a igual, milenios de tolerancia. La utopía se trocará en acto. Y llamaremos pumas, soberbios pumas, a los leones calvos de la leyenda europea.

Finalizada la entrevista descubrí que Ramos, debajo de su solemnidad, escondía un gran sentido del humor. Le pregunté por Rosa y me confirmó su declarado yrigoyenismo. También narró historias de su padre, Nicolás, que tenía una fuerte simpatía por el anarquismo y se reunía con un grupo de camaradas para complotar contra el sistema capitalista. Uno de los operativos lo depositó en la cárcel de Devoto. Habían imprimido una gran cantidad de dólares, que luego volantearon por la capital, incluso en la calle Florida.

Contaba que Rosa Gurtman no aprobaba las iniciativas políticas de su esposo y que desconfiaba de sus emprendimientos comerciales, que fracasaban la gran mayoría de las veces.

Después de la despedida me quedé pensando, los políticos que decían que era escritor seguramente fueron los que habían leído menos que él, y los escritores que lo tildaban de político no habrán escrito de manera tan clara y contundente como él.

Jorge Abelardo Ramos sigue viajando a través del tiempo porque es uno de los mejores cuadros políticos de nuestra historia.

# III

# La muerte del prófugo

Romano despierta en su departamento de la avenida Córdoba, la noche anterior había ingerido el tónico para volver de regreso al año 1954 esa misma mañana.

Ya no lo sorprende la apariencia de Anselmo Marino. Era él en otro traje, incluso llegaba a experimentar un disfrute con el cambio de apariencia, exprimiendo la posibilidad de observar su vida desde otra perspectiva, ser otra persona y la misma a la vez.

Cuando pone un pie en la vereda del edificio descubre que algunos policías de civil y otros con uniformes se despliegan bajo las órdenes del funcionario judicial que le tomó declaración en el juicio que investiga la muerte del empresario Díaz Cane.

El funcionario interrumpe la relajada rutina del portero del edificio, que se encuentra manguereando la vereda. El encargado confirma que Romano reside en el piso 9 y la policía comienza a ingresar.

—¿A quién buscan? —le pregunta Marino al encargado.

—A un inquilino del piso noveno.

—¿Por qué motivo, sabe?

—¡Por algo más que no pagar las expensas, imagino!

Marino se aleja del encargado del edificio, y arranca, presuroso, rumbo al café de la calle Florida. Caminaba en estado de shock cuando su teléfono recibe ruidosamente la notificación de las noticias de "último momento" que emite el portal donde trabaja:

"La justicia detiene a periodista por la muerte del empresario Díaz Cane.

Se trata de Daniel Romano, un antiguo empleado del portal que estaba bajo la órbita del empresario.

Según fuente judicial, el periodista había desatado toda su ira contra Díaz Cane, provocando una agresión que complicó la frágil salud del veterano y prestigioso empresario".

La cara de Marino reflejaba el espasmódico síntoma de la sorpresa que sentía Romano.

Mirando a Miguelito hace el gesto con la mano que indica,

a lo lejos, el pedido de un café, ese movimiento que se marca con el dedo índice sobre el pulgar. Miguel asiente con la cabeza y transmite el pedido a la barra del bar.

Marino observa por la ventana un punto fijo, Romano piensa y todo parece increíble, aquella treta de adelantar en las noticias los movimientos judiciales es la que siempre busca incriminar injustamente a alguien, se le venía encima la negra sombra del cuervo que sobrevuela el cadáver de su próximo alimento.

Las cartas estaban echadas, Miguel apoya el pocillo sobre la mesa, Romano lo mira, Marino agradece. Deja el dinero bajo el café abandonado y se monta sobre la calle Florida.

Al llegar al portal observa por el amplio ventanal ubicado al frente del área de redacción que la rutina no se había alterado. Alcanza a ver a Benítez, a Graciela entrando en el despacho de Figueroa. Laurita está inmóvil, con la mirada perdida hasta que vuelve sobre su computadora. Parece un día como cualquier otro, pero Daniel tiene la sensación de estar muerto, siente esa incómoda normalidad con la que sigue girando el mundo cuando un ser querido desaparece físicamente, solo que esta vez faltaba él.

Una brisa que sube desde el río acaricia su rostro, piensa en María y emprende el camino hasta el edificio Alas.

Tomó el ascensor y se sumergió en las profundidades, cumpliendo con todos los protocolos que requiere el viaje hasta llegar al área de vestuario. Se caracterizó con indumentaria de los años 50 y decidió ocultarse en el tiempo.

Si Romano muere prófugo, Marino vivirá luchando, pensó. Sabía que se vendría el golpe de 1955 y después la resistencia peronista. Anselmo no tenía pasado, Daniel

Romano estaba sepultado en el 2024. Solo tiene un traje gris, el sombrero y un futuro que huele a pólvora.

# BIBLIOGRAFÍA

Ciertas partes del texto son reproducciones textuales, o casi textuales, de las obras citadas.

Norberto Galasso. *Los hombres que reescribieron la historia.*

Arturo Jauretche. *El medio pelo en la sociedad argentina.*

Arturo Jauretche. *Los profetas del odio y la yapa. La colonización pedagógica.*

Raúl Scalabrini Ortiz. *Política británica en el Río de la Plata.*

Raúl Scalabrini Ortiz. *Yrigoyen y Perón.*

Jorge Abelardo Ramos. *Historia de la Nación Latinoamericana.*

Claudia Dubkin (comp. y ed.). *Fundadores de la izquierda argentina.*

Cristina Noble. *Abelardo Ramos, creador de la izquierda nacional.*

Daniel Brión (comp.). *Ocurrió en mayo. Recuperando el pensamiento nacional.*

# ÍNDICE

# I

# Seres urbanos

Movimientos extraños

El hombre con cara de tetera

Afterwork

Florida Garden

La espina

Principio de revelación

Efeméride manipulada

¡Que los cumplas / muy felices!

Extraño crimen sacude al mundo empresarial

# II
# Las rutas de la historia

El guardián del secreto mejor guardado

Diario de Guillermo Almirón

Investigación de la muerte del señor Díaz Cane. Testigo 1

La noche

El viaje

Investigación de la muerte del señor Díaz Cane. Testigo 2

Tropezando con la historia

Investigación de la muerte del señor Díaz Cane. Testigo 3

Del conventillo al centro

Raúl Scalabrini Ortiz

Investigación de la muerte del señor Díaz Cane. Testigo 4

Arturo Jauretche

Investigación de la muerte del señor Díaz Cane. Testigo 5

Jorge Abelardo Ramos

# III
# La muerte del prófugo

Made in the USA
Columbia, SC
21 March 2025

55401324R00089